1. 중학교 3학년
2. 군복무 중 휴가 나와서
3. 결혼식 (1993, 싱가폴)
4. 장편 『웃음』을 출간하던 1996년의 작가
5. 부산 해운대 바닷가에서 딸 스민과 함께

동남아시아의 여러 곳을 여행하던 중

내 곁에서 그녀를 곧 나타낸 적도 있었다. 하지만 당시의 솔직한 심정은 그녀가 돌아와 부르는 줄고 영원한 사랑을 맹세하게 하려는 것이 있었다. 그런데 그녀는 그 길로 획획 날아가 버렸으니 그 해치짐역시 그녀의 것이었다.
 사실은, 매 번 새로이 올 적마다 그녀가 영원한 사랑을 맹세하지 않는 것은 아니었다. 그녀는 언제나 간지운 눈불로써 잎이불은 내 가슴의 눈을 열었으며 나는 무기력하게 그녀에그의 사랑을 인정해야 했던 것이다.
 하지만 벌써 내 번이다. 숫자가 중요한 게 아니라 언제나 똑같다는 점이 중요하다. 달라진 것이 있다면 내 절망의 강도가 점차 무감각해진다는 것 뿐. 그녀는 언제나 나를 죽이고서야 내 곁으로 올 수 있었다. 철저한 사랑의 위장을 전신에 두르고서야. 차창은 눈이 익은 풍경들로 액자를 바꿔달고 있었다.

습작을 시작하던 초기의 단편 「귀향」 자필 원고 (1985)

바이올린맨

채영주 소설집
바이올린맨

펴낸날_2003년 6월 10일

지은이_채영주
펴낸이_채호기
펴낸곳_(주)**문학과지성사**
등록번호_제10-918호(1993. 12. 16)

주소_서울 마포구 서교동 363-12호 무원빌딩(121-838)
편집_338)7224~5   FAX 323)4180
영업_338)7222~3   FAX 338)7221
홈페이지_www.moonji.com

ⓒ 채영주, 2003. Printed in Seoul, Korea

ISBN 89-320-1425-6

* 지은이와 협의하여 인지는 생략합니다.
* 이 책의 판권은 지은이와 문학과지성사에 있습니다.
  양측의 서면 동의 없는 무단 전재 및 복제를 금합니다.
* 잘못된 책은 바꾸어드립니다.

바이올린맨

채영주 소설집

문학과지성사 2003

차례

바이올린맨¹ 7
미발표 유작 바이올린맨² 73
자전소설 미끄럼을 타고 온 절망 141

해설 사랑의 재신화화(再神話化)_성민엽 172
작가 연보_한수영 185

바이올린맨 1

몰락

그 도시는 시작부터 막막했다. 기차역은 수많은 사람들로 붐볐고, 나는 한참을 우두커니 서 있었다. 이윽고 누군가가 내 이름을 불렀다. 불기 없는 구들장 같은 목소리였다. 몇 해 만인지도 모를 삼촌과의 대면이었다. 그는 내게 배가 고픈가를 물었다. 물론 나는 몹시 허기져 있었다. 벌써 반나절은 굶은 것이었다. 그러나 묵묵히 고개를 저었다. 그때 그 자리에서 나를 짓누르고 있었던 두려움에 비하면 배고픔은 아주 작은 문제였다.

삼촌은 앞장서서 걷기 시작했다. 빠르고 신경질적인 걸음이었다. 나는 종종걸음으로 뒤를 따랐다. 등에 멘 커다란 가방이 무거웠지만 아무 말도 할 수 없었다. 족히 삼십 분은 걸었을 것이었다. 계단을 오르고 골목을 지나고 또 비탈진 언덕길을 올라서. 이를 악물고 뒤만 따르느라 주변 풍경의 변화에도 신경쓸 겨를이 없었다.

어디쯤에선가 삼촌이 걸음을 멈추었다. 그는 한곳을 응시했다. 낡은 이층집이었다. 시멘트 벽 위의 미색 페인트칠은 이미 누렇게 변해서 곳곳이 벗겨져 있었다. 일층에는 작은 야채 가게가 있었는데, 통통한 아주머니 한 분이 그 앞 거리에다 몇 가지 물건들을 내던지고 있었다. 이불, 담요, 다리가 부러진 교자상, 건물의 칠만큼이나 낡은 전기밥솥 하나…… 아주머니는 별로 화도 내지 않고 씨근거리지도 않으면서 그것들을 팽개치고 있었다. 삼촌이 갑자기 내 뒷머리를 치고는 말했다.

"징징 울어."

그는 성큼성큼 걸어서 사건의 현장으로 들어갔다.

"이게 무슨 일이래요. 아주머니, 이러시면 안 되죠."

삼촌은 전혀 다른 사람으로 변한 것 같았다. 허리를 잔뜩 굽히고 입가에는 비굴한 미소까지 머금으며 통사정을 하는 것이었다. 또 벌써 월말이 되었느냐. 까맣게 잊고 있었다. 월세는 사흘 내로 드리겠다. 아니, 내일 당장 구해드리겠다. 무슨 수를 써서라도. 멀리서 조카까지 왔는데 이러시면 어떡하느냐…… 내가 상황을 이해하기까지는 제법 시간이 걸렸다. 나는 주춤주춤 걸어서 삼촌 곁으로 다가갔다. 그리고는 눈물을 짜내려고 애썼다. 그러나 그건 쉬운 일이 아니었다. 실감이 나지 않았다. 어떻게 이럴 수가 있을까, 연거푸 두 번씩이나. 집을 잃고 가족이 뿔뿔이 흩어진 게 바로 엊그저께인데.

한참을 멍하게 서 있자니 조금씩 현실감이 느껴졌다. 슬픔인지 두려움인지 모를 감정들이 스멀스멀 가슴을 긁고 올라왔다. 눈물도 조금은 흘릴 수 있을 것 같았다. 그런데 그때 다시 내 눈물을 말려버리는 사건이 발생했다. 야채 가게 안쪽에서 한 여자 애가 얼굴을 내민 것이었다. 머리를 양쪽으로 땋은 그 애는 작고 동그란 얼굴에 커다란 눈망울을 갖고 있었다. 숯불 속에서 재가 된 밤 알갱이처럼 깊고 검은 눈망울이었다. 나는 감히 눈물을 보일 수가 없었다. 삼촌의 주먹이 몇 번인가 더 뒷머리를 쳤지만 눈물은 나오지 않았다.

어느 만큼 시간이 흐르자 그 상황은 끝났다. 정확히 어떻게 끝났는지는 기억나지 않았다. 삼촌이 주머니를 털어 약간의 돈을 건넨 듯도 했다. 그러나 그건 한 달 치 월세에는 까마득히 못 미쳤을 것이다. 돈을 건넨 후에도 한참 동안 실랑이는 이어졌으니까. 중년의 아주머니는 어딘가로 사라졌고, 삼촌은 주섬주섬 물건들을 챙겨 들었다. 그를 거들어 담요 자락을 거머쥐다가 나는 흘끔 야채 가게 쪽을 곁눈질해보았다. 숯불 속 밤 알갱이는 이미 그곳에 없었다.

삼촌이 사는 곳은 이층의 작은 구석방이었다. 일 년 내내 햇빛이라곤 손바닥만큼도 들지 않을 것 같은 방이었다. 그 방에다 물건들을 부리자 삼촌은 대뜸 내 옆구리를 걷어찼다.

"야 이 자식아, 눈물 한 방울 적선하기가 그렇게 힘들더냐?"

나는 아무 말도 하지 않았다. 아무 말도 할 수 없었다. 솔직히 말하자면 그때는 나도 누군가의 옆구리를 걷어차버리고 싶은 심정이었다. 강아지나 고양이나 뭐 그런 게 있었다면 한 시간쯤 쉬지 않고 걷어찰 수 있었을 것이었다. 내 고집스런 침묵이 계속되자 삼촌은 껄껄 웃었다.

"그래. 사내자식이 눈물이 없는 건 뭐 꼭 나쁜 일만은 아니지. 하지만 명심해라. 필요할 땐 가짜 눈물도 흘릴 줄 아는 게 진짜 사내야. 다음에 또 그러면 그땐 몽둥이찜질이다."

삼촌은 방바닥 한가운데 벌러덩 드러누웠다. 그 곁에는 맞춤처럼 몇 권의 만화책이 널브러져 있었는데, 그는 그 중 한 권을 집어 들었다. 그리고는 곧 독서삼매경에 빠져들어 킬킬거리기 시작했다. 나는 어이가 없어서 물끄러미 지켜보았다. 그러다가 그의 손가락을 보았다. 왼쪽 손의 손가락 세 개가 갈고리처럼 구부러진 채 굳어 있었다. 언젠가 엄마에게 들은 얘기가 생각났다. 삼촌은 원래 택시 운전 기사였는데 사고로 왼쪽 손을 다쳤다고 했다. 그뒤로는 일정한 직업을 잡지 못하고 어수선한 삶을 살고 있다는 것이었다. 삼촌은 연신 만화 책장을 넘기며 킬킬거렸고, 구부러진 손가락들도 덩달아 킬킬거렸다. 나는 속이 메스꺼워졌다. 가능한 한 빨리 강아지나 고양이를 한 마리 잡아와야겠다고 생각했다.

꿈

그해 가을 나는 두 번의 총성을 들었다. 첫번째는 박정희 대통령의 시해 사건이었다. 세계 위인 전집에서도 항상 제1권을 장식하던 위인이 그렇듯 일순간에 살해되었다는 사실은 믿어지지 않았다. 그것도 그가 가장 신뢰하던 심복 부하에게라니. 그러나 잇달아 터진 두번째 총성은 훨씬 더 끔찍하고 비현실적이었다. 아버지의 작은 사업이 파산을 맞은 것이었다. 집이 넘어갔고, 아버지는 무슨 죄목인가로 구치소에 수감되셨다. 어머니와 여동생은 외할머니 댁으로 들어갔다. 나 역시 함께 가는 줄 알았지만 사정이 달랐다. 친가와 외가의 어른들 간에 다툼이 있는 모양이었다. 당분간이라는 단서는 붙었지만, 나는 혼자 사는 삼촌 손에 맡겨지고 말았다.

이틀 후 삼촌은 나를 인근 초등학교로 데려갔다. 전학 수속을 위해서였다. 삼촌이 그렇게 서두른 건 뭐 나의 교육 문제를 염려한 까닭은 아니었다. 나와 함께 있는 시간을 가능한 한 빨리 줄이려는 생각에서일 뿐이었다. 그는 공공연히 그런 말을 했다. 나는 섭섭함은 갖지 않았다. 어차피 나도 삼촌과 정 따위를 주고받을 마음은 없었던 것이다.

 학교 건물은 우중충한 무채색이었다. 하늘색이 약간 섞인 듯도 했지만 그것 역시 무채색의 영역으로 추락한 지 오래였다. 교실들이 연결된 기다란 복도를 지나가자니 마치 거대한 공동묘지 속을 걷는 듯한 느낌이었다. 공동묘지 속은 이렇게 되어 있을 거야. 나는 혼자 중얼거렸다. 새로 영혼이 되면 이렇게 생긴 복도를 지나가 이렇게 생긴 교실들 중의 하나에 집어넣어지겠지. 그래서 영혼에게 필요한 것들을 배우게 되겠지. 영혼을 가르치는 선생님들도 회초리로 손바닥을 때릴까. 아니면 빗자루로 종아리를 때릴까……

 나의 새 영혼이 집어넣어진 곳은 4학년 3반 교실이었다. 담임은 키가 작달막한 여선생님이었다. 나이가 제법 들어 보였고, 검은 뿔테 안경을 콧등에다 걸치고 있었다. 그녀는 내게 자기 소개를 시켰다. 그러나 나는 할 말이 없었다. 말 따위는 하고 싶지 않았다. 누구에게도 나에 대한 설명은 하고 싶지 않았다. 사실은 나 자신도 알 수 없는 일이었다. 이제부터 내가 어떤 아이가 되려 하는지. 이미 나는 새로운 상황에 떨어져 있었다. 그 속에서는 며칠 전까지의 내 모습은 의미가 없었다.

 그날 수업이 끝날 때까지 몇몇 아이들이 말을 걸었다. 더러는 친절하게, 더러는 호기심으로. 나는 여전히 침묵으로 일관했다. 시선을 발 밑으로 파묻은 채. 발가락 틈새에서는 이런 생각이 꼬물거리고 있었다. 이건 현실이 아니다. 내 현실은 여기가 아니다. 잠시 꿈을 꾸고 있을 뿐이다. 잠이 깨면 나는 다시 진짜 현실로, 내 사랑하는 가족에게로 돌아갈 것이다. 그러니 입을 열어서는 안 된다. 꿈을 꾸면서 말을 한다면 얼마나 우스꽝스러운 일이란 말인가.

하교 시간에 세 명의 남자 아이들이 나를 불러 세웠다. 제법 고기깨나 먹었을 법한 덩치들이었다. 그들은 내 어깨를 끼다시피 하여 옥상으로 데려갔다. 그들 중의 리더인 듯한 아이가 뒷짐을 지고 건들건들 내 앞을 걸었다.

"똑바로 서, 짜식아…… 너 벙어리냐?"

나는 줄곧 시선을 발 아래로 떨구고 있었다. 그랬더니 목이 아파 잠깐 고개를 들었다. 마침 눈길이 그 아이와 마주쳤는데, 하마터면 웃음을 터뜨릴 뻔했다. 그 아이는 독특한 얼굴 모양을 갖고 있었다. 턱부터 머리 꼭대기까지가 잘 깎은 원뿔의 형상이었다. 머리카락은 마치 그 원뿔의 꼭짓점에다 털귀마개 한 쪽을 얹어놓은 듯 보였다. 맙소사. 나는 얼른 다시 고개를 숙였지만 원뿔은 내 눈가에 번지는 미소를 놓치지 않았다.

"어쭈. 이 자식 봐라."

그리고는 주먹이 날아왔다. 얼굴, 어깨, 배, 가슴…… 별로 센 편은 아니었다. 몸집의 무게를 옮겨 싣는 방법은 아직 못 배운 주먹이었다. 그래도 연거푸 몇 대를 맞고 있자니 속이 상했다. 무섭기도 했다. 곁에서 어슬렁거리던 두 아이들도 덩달아 나를 때렸다. 툭툭, 비 갠 뒤 지렁이를 신발 끝으로 건드릴 때처럼.

"입 열 때까지 맞는다, 어느 학교에서 왔는지만 말해봐, 고집은 집에 가서 엄마 젖 빨 때나 부리고……"

나는 그만 그 자리를 벗어나야겠다고 마음먹었다. 종종 경험하는 일이지만, 내 속에서 어떤 결정이 내려지면 방법은 문제가 되지 않았다. 두려움에 내몰린 결정일 때는 특히 그랬다. 몸이 먼저 움직여지는 것이었다. 어느 틈에 나는 왼편의 아이를 어깨로 들이받고 있었다. 뜻밖의 일격에 그 아이는 비틀거렸다. 두세 걸음 밀려

나며 엉덩방아를 찧었다. 다음 순간 나는 마구 내달았다. 계단을 뛰어내리고 교정을 가로질러 학교를 빠져나왔다. 그리고는 단숨에 집까지 달려왔다.

이튿날 나는 학교에 가지 않았다. 다음날도 그 다음날도. 등교 시간에 맞춰 집을 나오긴 했지만 학교 쪽으로는 가까이도 가지 않았다. 집 뒤에 나지막한 동산이 있어서 그곳으로 올라갔다. 가을이라 해도 아침 산바람은 제법 쌀쌀했다. 나는 애꿎은 나무들에 발길질을 하며 몸을 녹였다. 도둑고양이는 눈에 띄지 않았다. 정오가 지나면 그나마 어깨가 펴졌다. 그렇게 사흘을 보낸 날 밤, 삼촌이 다시 내 뒷머리를 쳤다.

"내일은 학교에 가. 알아들었어?"

어떻게 알았을까. 나는 별수 없이 고개를 끄덕였다. 그리고 그 다음날엔 정말 학교엘 갔다. 머릿속엔 고민이 가득 차 있었다. 원뿔 일당이 또 건드리면 어떻게 해야 하나. 무조건 달아나야 하나. 아니면 좀더 얻어맞고 매듭을 지어야 하나 어쩌나. 그러나 원뿔은 나를 부르지 않았다. 누구도 내게 말을 걸거나 고개를 들게 하려고 애쓰지 않았다. 다행스러운 일이었다.

공동 생활

낡은 시멘트 벽 건물의 이층에는 방이 세 개 있었다. 길가 쪽으로 큰 방이 하나 있었고, 어두컴컴한 안쪽으로는 두 개의 작은 방이 나란히 붙어 있었다. 삼촌의 방은 그 중에서도 가장 어두운 구석이었다. 작은 방들 앞에는 좁다란 마루 한쪽이 놓여 있었다. 한 사람이 앉아서 신발을 갈아 신을 만한 자리였다. 그리고 그 앞으로는 엉성한 주방이 차려져 있었다. 한 칸짜리 싱크대와 가스불 두 개가 전부였는데, 세 방의 입주자들이 공동으로 사용했다.

가운뎃방, 그러니까 삼촌 방이 아닌 작은 방에는 두 명의 여자들이 살고 있었다. 상미누나와 윤주누나였다. 이십대 중반이나 후반쯤으로 보이는 그녀들은 오랜 친구 사이 같았다. 저녁이면 곱게 화장을 하고 뾰족구두를 또각거리며 일을 나갔다. 밤엔 도무지 몇 시에나 돌아오는지 알 수 없었다. 그녀들의 귀가 시간을 알아보려고 나는 몇 번이나 다짐했다. 자정이 넘도록 눈꺼풀을 비비며 참아보기도 했다. 그러나 단 한 차례도 내가 잠들기 전에 그녀들이 돌아온 적은 없었다. 아침에 눈을 뜨면 그녀들의 방 앞에는 두 켤레의 구두가 아무렇게나 널려 있곤 했다. 또 실패했구나. 나는 몹시도 가슴 아파했다. 그땐 그랬다. 별것도 아니었는데, 매일매일 대단한 보물이라도 잃어버리는 느낌이었다. 신비로움 때문이 아니었을까. 밤은 내게는 두려움의 대상이었다. 밤 외출은 완전한 금기였다. 그러나 그녀들은 매일 밤 마술에라도 걸린 것처럼 사라졌던 것이다. 고운 단장을 하고. 가슴을 에는 향수 냄새만을 남긴 채.

내가 학교에서 돌아올 즈음이면 그녀들의 방문이 열렸다. 교대로 한 사람씩 나와서 식사를 준비했다. 그날의 당번이 누구인가에 따라서 이층 주방의 풍경은 완전히 달라졌다.

상미누나는 방만하고 소란스러운 편이었다. 옷차림새부터가 지극히 편안하고 자유로웠던 그녀는 먼저 카세트 라디오를 들고 나와 볼륨을 높였다. 주방은 시끄러운 댄스 음악으로 달아올랐다. 그녀가 도마에 칼질하는 소리는 콘크리트 벽에다 망치질을 하는 소리와 같았다. 찢어지는 콧노래 소리, 엉덩이를 흔들어대는 율동까지 가세하면 그 열기는 가히 디스코텍을 방불케 했다. 가스불을 켜지 않아도 웬만한 국이나 찌개는 단번에 끓어버릴 것 같았다. 소란은 시각의 영역에서도 이어졌다. 그녀가 요리를 할 때면 주방은 온통 난장판으로 변했다. 양파 껍질, 당근 껍질, 대파들의 수염, 뜯긴 포장지 등이 야단스레 흩어졌다. 그래도 고마운 일이 있다면 그 모든 소란이 지나간 다음이었다. 그녀는 그렇게 만든 요리를 한두 접시 우리 방으로 밀어넣는 일을 잊지 않았던 것이다. 나는 그녀가 소음을 견디게 한 대가를 지불하는 것이라고 생각했다. 그러나 거기에는 한 가지 다른 이유가 있었다. 그녀와 삼촌 간의 모종의 관계였다. 물론 그런 사실을 알게 되기까지는 좀더 시간이 소요되었지만.

윤주누나는 모든 면에서 상미누나와 정반대였다. 우선 옷차림새부터가 단정하기 그지없었다. 가슴이 훤히 내비치는 셔츠는 입지 않았고, 초미니 핫팬츠 차림으로 엉덩이를 흔들어대는 일 따위도 없었다. 카세트를 들고 나오는 일도 없었으며 요리 중에 콧노래를 흥얼거리지도 않았다. 도마에 칼질하는 소리도 낙엽을 주워 담는 것처럼 부드럽고 조용조용했다. 요리 재료나 빈 포장지 따위가 주방 바닥을 굴러다니는 일도 물론 없었다. 그 같은 윤주누나의 침묵이 나는 좋았다. 그러나 어쩐지 그녀에게서는 차가운 기운이 흘렀다. 일정 거리 안으로의 접근을 어렵게 만드는 냉기였다. 침묵은 좋았지만 나는 과연 내가 윤주누나를 좋아하는지 어떤지는 가늠할 수 없었다. 그녀가 식사 당번인 날에도 우리 방으로 음식 접시를 밀어넣는 사람은 상미누나였다.

두 사람의 차이는 주방 밖에서도 고스란히 이어졌다. 잠잘 때만 빼면 상미누나는 늘 무슨 일인가를 했다. 소음을 만들고 주변의 공기를 진동시키는 일들이었다. 비어 있는 큰 방으로 가서 음악을 크게 틀고 춤을 추기도 했고, 우리 방으로 건너와 삼촌과 화투를 치기도 했다. 혹은 심심하다고 투덜거리며 주리를 틀다가 어딘가로 사라졌다. 그리고 잠시 후에는 과자 봉지와 만화책을 한 아름 끌어안고 돌아오기도 했다. 심지어 그녀는 만화책을 보는 동안에도 대단히 시끄러웠다. 과자 씹는 소리, 깔깔거림, 흥분한 감탄사 등등으로. 반면에 윤주누나는 소음을 생산하는 일이 거의 없었다. 방 안에 있는지 없는지도 짐작할 수 없을 지경이었다. 이따금 방문이 열렸을 때 들여다보면 그녀는 항상 같은 자리에 앉아 있었다. 등은 벽에다 기대고, 다리는 이불 아래에 묻고 책을 읽기도 했고 카세트 라디오를 아주 작은 소리로 듣기도 했다. 그러나 대부분의 경우 그녀는 뜨개질을 하고 있었다. 노랑색 빨강색 털실 뭉치들이 담긴 바구니 하나를 무릎 위에 올려놓고서.

"도대체 그 털옷들을 다 어쩔 거니. 비비가 추워서 얼어 죽기라도 하겠다던? 아주 나중에는 장롱 하나를 따로 맞춰야겠구나."

상미누나는 그렇게 투덜거리곤 했다.

비비는 윤주누나가 애지중지하는 인형이었다. 그녀가 뜨개질로 만드는 건 모두 그 인형의 옷이었다. 나로서는 도무지 이해할 수 없는 일이었다. 허구한 날 쪼그리고 앉아 매달리는 것이 인형의 옷이라니. 내 또래 초등학교 여학생도 아니고. 그러나 어쨌건 윤주누나에게는 그 일보다 소중한 일은 없는 듯 보였다. 상미누나와 윤주누나는 어떻게 서로를 견디며 사는 것일까. 문득문득 그런 의문이 찾아오기도 했다.

어느 날 오후 나는 큰 방에서 햇볕을 쬐고 있었다. 찢어진 벽지에다 낙서라도 하고 있었을까. 상미누나가 소음 제조기 카세트 라디오를 들고 들어왔다. 그녀는 거의 속옷 차림이었다.

"미안하다. 누나가 처분해야 할 살들이 좀 있어서."

그렇게 말하고는 음악 소리를 높이고 춤을 췄다. 그녀의 몸매에는 제법 볼륨이 있었다. 야간 업소에서 익혔을 율동에는 또 꽤나 자극적인 요소들이 있었다. 나는 물끄러미 그 춤을 바라보았다. 아무 말도 하지 않았고 아무렇지도 않은 척했지만 내 손바닥에는 흥건히 땀이 괴고 있었다. 초등학교 사학년이라면 이미 알 만한 건 아는 나이였다.

한바탕 율동을 마친 뒤 상미누나는 내 곁에 주저앉았다. 그녀는 숨을 학학 몰아쉬었고, 그럴 때마다 커다란 가슴이 오르락내리락했다. 나는 춤도 추지 않았는데 덩달아 숨소리가 거칠어졌다.

"이 방도 이젠 얼마 남지 않았어. 새 주인이 정해졌대. 혼자 사는 남자라는데…… 이렇게 큰 방을 혼자서 쓰려면 돈이 많은 사람이겠지……"

그 방은 과연 제법 큰 편이었다. 삼촌 방과 그녀의 방을 합치고 또 쪽마루까지 붙여봐야 이기지 못할 크기였다.

돈벌이

갑자기 날씨가 차가워졌다. 11월 초순이었는데 아침 기온은 영하까지 뚝 떨어졌다. 낮에도 주머니 밖에서는 손이 얼었다. 하굣길에 나는 걸음이 바빠졌다. 그 음습한 골방도 집이라고 빨리 돌아가고 싶은 것이었다. 이층 계단을 올라가 신발을 벗으려는데 방 안에서 이상한 소리가 흘러나왔다. 신음 소리도 있었고, 거칠게 숨을 몰아쉬는 소리도 있었다. 무슨 일일까. 나는 고개를 갸웃거렸다. 상미누나가 우리 방으로 디스코텍을 옮긴 것일까. 그러고 보니 우리 방 앞에는 상미누나의 슬리퍼가 놓여 있었다. 그러나 그 시끌벅적한 음악 소리는 울리지 않았다.

문을 열기 위해 손잡이를 잡으려는데 다시 소리가 들렸다. 좀더 크고 좀더 이상야릇한 소리였다. 하악, 으응, 하아악. 여자의 소리가 분명했다. 나는 오금이 저렸다. 도무지 무슨 일인지 짐작이 가지 않았다. 방문 손잡이 밑에는 작은 열쇠 구멍이 있었다. 나는 그 구멍에다 한쪽 눈을 가져다댔다. 방 안에서는 희멀건 살색 물체들이 흔들리고 있었다. 내 기다란 속눈썹들도 열쇠 구멍에 부딪히며 흔들렸다. 제법 시간이 지나면서 사태가 파악되었다. 어깨가 부르르 떨렸고, 다시 한 번 오금이 저려왔다. 가슴도 뻑뻑하게 조여들었다. 그랬구나. 두 사람이 그런 관계였구나. 설명할 수 없는 불쾌감이 느껴졌다. 그러나 이상하게도 그 구멍에서 눈을 뗄 수 없었다. 그렇게 십여 초가 흘러갔을까. 나는 소스라치게 놀라서 몸을 일으켜 세웠다. 나직한 소리로 누군가가 내 이름을 부른 것이었다.

"동우야!"

그건 바로 윤주누나였다. 나는 온몸이 화끈거렸다.

윤주누나는 나를 자기네 방으로 들어오게 했다. 그녀들의 방에 내가 발을 들여놓은 건 그때가 처음이었다. 짙은 여인들의 향기는 잠시 어지럼증을 선사했다. 마치 그 향기 속에 독이라도 들어 있는 듯. 조심스럽게 조금씩 나는 숨을 들이쉬었다. 윤주누나도 조금은 어색해했다. 내가 엿보고 있었던 장면을 누구보다 잘 아는 사람이 바로 그녀였을 테니까. 그래도 그녀는 어른스러운 무심함으로 사태를 수습했다. 어느 구석인가를 부스럭거리더니 사탕 봉지 하나를 꺼냈다. 몇 권의 만화책과 함께 봉지를 내 쪽으로 밀었다. 나는 기계적으로 사탕을 까서 입 안에다 집어넣고 우물거렸다.

만화책을 절반쯤 넘기자니 화끈거림이 가라앉았다. 슬쩍슬쩍 곁눈질로 나는 윤주누나를 살폈다. 그녀는 여전히 뜨개질을 하고 있었다. 정물처럼 다소곳이 앉아서. 고집스러운 시선을 바늘 코에 붙박고서. 그 모습은 까닭 모를 슬픔을 자아냈다. 아직 어린 나이였지만 나는 한 가지 사실만큼은 잘 알고 있었다. 말수가 적은 사람은 가슴속에 슬픔을 안고 사는 사람이라는 것이었다. 나 자신부터가 그랬으니까. 어쩌면 누나는 아주 차가운 사람은 아닐지도 모른다는 생각이 들었다. 침묵 속에는 제법 깊은 따스함이 숨어 있을지도 모른다는 생각이.

두 권의 만화책을 다 읽을 즈음 상미누나가 돌아왔다. 그녀는 나를 보고도 놀라지 않았다. 동우 왔구나. 한마디를 하고는 화장대 거울 앞에 주저앉았다. 요리도 춤도 화투도 섹스도 어느 것 하나 조용하게 치르는 법이 없었던 그녀는 거울 앞에서도 예외가 아니었다. 요란하게 얼굴을 때리며 마사지 크림을 발라대었다. 그러면서 군시렁군시렁 불평을 늘어놓았다. 잔주름이 또 하나 늘었다느니, 여드름이 생겼다느니, 검은 반점이 생겼다느니. 그 모습에서 나는 전에 몰랐던 역겨움을 느꼈다.

화장을 끝낸 상미누나는 화사한 외출복으로 갈아입었다. 밤일을 나갈 때 입는 옷이었다. 그러나 시계는 겨우 오후 2시를 가리키고 있을 뿐이었다.

"정말 할 거야?"

윤주누나의 조용한 질문이었다.

"왜? 너도 같이 갈래? 아직 한 자리가 남아 있대."

"꼭 그런 일까지 해야겠니?"

윤주누나가 다시 묻자 상미누나는 눈꼬리를 치켜세웠다.

"바보 같은 소린 그만 해. 얼마나 좋은 기횐데. 힘든 일도 아니고 겁낼 일도 아니야. 가만히 앉아 있기만 하면 돈이 들어온단 말이야. 이렇게 여러 가지가 꼭 들어맞는 기회가 자주 오는 줄 아니?"

윤주누나는 시선을 내렸다. 다시 두 개의 대바늘을 움직이며 뜨개질을 계속했다.

"갑부삼촌이 겉보기엔 저래도 매사에 철저한 사람이야. 그러니 걱정할 것 없어…… 병원에서 바로 출근할 거야. 혹시 조금 늦으면 지배인오빠한테 잘 좀 얘기해."

상미누나는 그렇게 말하고 방을 나갔다. 또각또각 구두 소리가 멀어졌다. 뭉툭한 발소리 하나가 따라붙는 것으로 보아 삼촌도 함께 나가는 모양이었다.

갑부삼촌이란 건 두 누나들이 삼촌을 부르는 호칭이었다. 내가 보기엔 삼촌보다 오빠라는 호칭이 어울릴 나이 차였지만 아무튼 그렇게 불렀다. 삼촌의 원래 이름은 갑수인데 그녀들은 갑부라고 고쳐 불렀다. 듣기엔 과히 싫지 않은 소리였다. 갑부삼촌이라. 속사정을 아는 사람은 혀를 끌끌거렸겠지만.

그날 밤은 참으로 길고 무서웠다. 시계가 열한 번을 치고 열두 번을 치고 다시 한 번을 울릴 때까지 나는 혼자서 텅 빈 이층집을 지켰다. 혼자서 보내는 밤은 그 즈음엔 종종 있는 일이었다. 윤주누나와 상미누나는 꼬박꼬박 밤일을 나갔고, 삼촌은 한 자락 연기와도 같아서 있는 듯 없는 듯 종잡을 수가 없는 형편이었으니까. 그러니 나는 냄새 나는 이불을 뒤집어쓰고 벌벌 떠는 밤에 익숙해져야 했다. 두려움에도 외로움에도 면역성을 길러야 했다. 하지만 그날 밤은 유난히도 길고 무서웠다.

꼬리를 물고 이어지는 상상들 때문이었다.

상미누나는 대관절 무슨 얘길 한 것이었을까. 힘든 일도 아니고 겁낼 일도 아니라니. 가만히 앉아 있기만 하면 돈이 들어온다니. 그런데 병원엔 왜 간다는 것이었을까. 삼촌을 끌어안고 뒹굴면서 질러대던 신음 소리는 또 무엇이었을까. 윤주누나는 왜 그렇게도 만류한 것이었을까. 불안과 걱정이 가득한 얼굴로……

그 많은 의문들 중에서 특히 집요하게 나를 물고 늘어진 것은 병원이라는 낱말이었다. 그 나이 또래의 아이들에게 병원처럼 끔찍한 환상과 공포로 다가오는 대상이 또 있을까. 내 머릿속에서는 무수한 그림들이 그려지고 채색되었다. 상미누나는 갖가지 포즈로 드러누워 피를 흘렸다. 낮에 열쇠 구멍으로 들여다본 장면도 도움이 되었다. 그녀는 온몸을 비틀었고, 벌거벗은 두 다리를 들어올린 채 부르르 떨었다. 가쁜 신음 소리도 내뱉었다. 그럴 때 시계라도 댕댕 울리기 시작하면 나는 숨이 막혔다. 마치 내 몸 어딘가에서 피가 흐르는 것만 같아 구석구석을 확인하고 또 확인해야 했다.

그 같은 공포 속에서도 나는 결국 잠이 든 모양이었다. 눈을 떴을 때 세상은 사뭇 밝아 있었다. 옆자리에서는 삼촌이 코를 드르렁거리며 자고 있었다. 나는 기나긴 악몽을 꾼 기분이었다. 그러나 악몽은 아직 끝난 게 아니었다. 누나들의 방문 앞에는 구두가 한 켤레밖에 없었다. 윤주누나의 것이었다. 상미누나는 아침까지도 돌아오지 않은 것이었다.

이어지는 이틀 동안 악몽은 내 가슴속에 살아 있었다. 상미누나는 끊임없이 몸을 비틀었고, 고통스러운 비명을 질러댔다. 나는 감히 누구에게도 물어볼 수가 없었다. 그녀에게 무슨 일이 일어났는가를. 그러나 사흘째 되던 날 오후 그 비극적인 환상은 마침표를 찍고 말았다. 우스꽝스러운 종결이었다. 상미누나가 너무도 건강하고 당당한 모습으로 걸어 들어온 것이었다.

"아이 답답해. 사흘 동안 속옷을 못 갈아입었더니 온몸이 근질근질해."

그녀는 그렇게 투덜거리며 옷을 벗었다. 나는 두 눈을 동그랗게 뜨고 구석구석을 살펴보았다. 목덜미, 겨드랑이, 허벅지…… 그러나 어디에서도 피는 흐르지 않았다. 피를 흘린 흔적도 찾아지지 않았다.

잠시 후 상미누나는 삼촌과 쪽마루에 앉아서 돈을 세기 시작했다. 빳빳한 만 원권 지폐를 세고 또 세며 즐거워했다.

"육 대 사니까 열여덟 장이 맞네요. 이렇게 쉬운 돈벌이가 있는 걸 왜 이렇게 늦게야 알았을까."

"아무나 나선다고 되는 일인 줄 알아?"

삼촌이 위세를 부리자 상미누나는 기꺼이 그를 추어주었다.

"맞아요. 갑부삼촌이니까 되는 일이죠. 그런데 그 남자는 얼마나 받았어요?"

"그 친군 스무 장 더 받았지. 하지만 멍청한 친구야. 내 그만큼 주의를 줬는데 이빨을 두 개나 부러뜨렸으니."

"그래요. 이빨 두 개 부러뜨리는 것보다야 이십만 원 덜 받는 게 낫죠."

"이빨은 두 개가 나가면 네 개로 계산해야 돼. 양쪽 이빨을 깎아서 의치를 걸어야 하니까. 어쨌든 상미는 그 친구한테 감사해야 돼. 덕분에 돈 계산이 빨라졌거든."

"이빨 치료 다 끝나면 삼겹살이라도 한번 사야겠군요. 호호호.

다음엔 또 언제 하죠?"

"안 돼. 상미는 이제 한 일 년 잊고 지내야 돼. 꼬리가 길면 밟히는 법이야. 올해 벌써 두 번이나 했잖아. 윤주씨라면 또 모를까……"

삼촌은 말꼬리를 흐리며 윤주누나 쪽을 살폈다. 그러나 윤주누나는 두 사람의 대화에 귀도 기울이지 않는 눈치였다. 묵묵히 뜨개질바늘만 움직여댈 뿐이었다.

삼촌이 나간 뒤에도 상미누나는 계속 떠들어댔다. 그녀는 사뭇 흥분해 있었고, 누구에겐가 마구 자랑을 하고 싶었던 것이다. 덕분에 나는 그 쉬운 돈벌이의 정체를 알게 되었다. 간단히 말하자면 그건 자동차 사고를 위장한 보험 사기극이었다.

약속된 장소에서 약속된 신호에 따라 두 대의 자동차가 부딪친다. 타고 있던 사람들은 모두 보험금을 받게 되고, 그 중 일정액은 사고 알선책에게 돌아간다. 삼촌은 바로 그 사고 알선을 업으로 하는 모양이었다.

"정말이야. 갑부삼촌은 믿을 만해. 계획도 치밀하게 세우지만, 조금이라도 미심쩍은 사람은 절대 끼워넣지 않아. 그래야 뒤탈이 없거든. 그러니 벌써 몇 년째 그 일을 할 수 있지……"

빳빳한 만 원짜리 열여덟 장을 세고 또 세며 상미누나는 삼촌을 칭찬했다. 그녀가 그처럼 기뻐하는 건 이해할 만한 일이었다. 십팔만 원이라는 돈은 그 즈음 그녀의 한 달 치 수입과 맞먹었으니까.

바이올린맨의 이사

그날도 날씨는 추웠다. 그러나 하늘은 구름 한 점 없이 화창했다. 햇살은 대단한 거드름을 피우며 여기저기에 따뜻한 양지를 만들어주었다. 그 양지만을 골라 밟으며 나는 학교에서 집으로 돌아오고 있었다. 그런데 야채 가게 앞에는 소형 트럭 한 대가 서 있었다. 노랑색 자전거 한 대와 몇 가지 세간 잡동사니가 실려 있었다. 이상야릇한 모양새의 나무 조각들도 눈에 띄었다. 밝은 원목 색상의 그 나무들은 자세히 살펴보니 바이올린 형상을 하고 있었다. 하지만 완전히 바이올린이 된 것은 아니었다. 그런 모양새는 가졌지만 아직은 납작한 나무판자 상태였다. 나는 가슴이 뛰었다. 바이올린이라. 누가 여기다 이런 걸 갖다뒀을까. 이런 게 하나 있으면 밤마다 끌어안고 잘 수도 있겠는데. 그럼 혼자 있는 밤도 외롭거나 무섭지 않을 텐데…… 나는 트럭에 바짝 달라붙어 그 나무 조각들을 들여다보았다. 손가락 끝으로 조심조심 쓰다듬어도 보았다. 그리고는 한 가지 사실을 깨달았다. 바이올린 형상의 그 나무들은 또 나비를 닮기도 했다는 사실이었다. 날개를 펼친 커다랗고 화사한 나비를.

"안녕!"

이층 계단에서 누군가가 내려오더니 말을 걸었다. 서른 살쯤 된 남자였는데 머리카락이 무척 길었다. 그래서인지 목은 오히려 짧아 보였다. 그는 한쪽 다리를 가볍게 절었다. 그러나 햇살을 받은 얼굴에는 날개를 펼친 나비처럼 환한 웃음이 피어 있었다. 나는 괜히 기분이 나빠져서 입술을 깨물었다.

"이 집에 사니?"

남자는 여전히 즐거운 목소리로 물었다.

"네."

"반갑구나. 나도 오늘부터 한 식구가 된 사람이야."

그는 손을 내밀었고, 나는 마지못해 그 손을 마주 잡았다.

우리는 이름은 교환하지 않았다. 그러나 그건 불필요한 일이었다. 그는 머지않아 자연스럽게 내 이름을 알게 되었다. 그리고 내게는 그의 이름이 필요하지 않았다. 우리집에서는 모두들 그를 바이올린과 관계지어 부르게 된 것이었다. 삼촌은 빠씨라고 했고, 윤주누나는 바선생님이라고 불렀다. 상미누나의 호칭은 그때그때 기분에 따라 달라졌다. 바선생이라고도 했다가 바씨라고도 했고, 가끔은 바이올린맨이라고도 칭했다. 내게는 그를 부를 호칭 따위는 상관없는 일이었다. 그러나 꼭 그에 대해서 얘기해야 할 때라면 나는 바이올린맨을 사용했다. 어쩐지 그 말이 나와 가장 무관한 듯 여겨졌기 때문이었다.

바이올린맨은 이삿짐 운반을 계속했다. 조심스럽게 하나씩 들어서는 이층으로 올라갔다. 절룩절룩, 보일 듯 말 듯 왼쪽 다리를 절며. 그 모습에서는 어쩐지 정겨움이 묻어나왔다. 햇살이 따뜻하게 비친 탓도 있겠고, 그가 자신의 세간들에 쏟는 애정을 내가 엿볼 수 있었기 때문이기도 했다. 그러자 문득 그런 생각이 들었다. 바이올린맨이라면 결코 그렇게는 하지 않으리라는 생각이. 자신의 소중한 물건들이 다른 사람에 의해서 길바닥에 내팽개쳐지도록 내버려두지는 않으리라는 생각이. 다시 기분이 나빠졌다. 괜스레 뜨뜻한 습기가 눈가로 몰려들어 나는 눈길을 돌렸다. 그런데 그 순간 내 눈앞에서는 믿을 수 없는 장면이 연출되었다. 참으로 화려하고 아름답고 신비스러운 장면이었다. 트럭 위에 실려 있던 수많은 나무 조각들이 나비떼가 되어 가을 하늘로 날아오른 것이었다. 반짝반짝 햇살을 뿌리며, 너울너울 커다란 날개를 휘저으며.
　아!
　나는 숨이 막혀서 가슴을 부여잡았다. 그리고는 나비떼를 따라 빙글빙글 돌았다. 화사한 원목 빛깔의 나비떼는 끝없이 자꾸자꾸 날아올라 하늘을 뒤덮었다. 그래도 하늘은 조금도 어두워지지 않았다. 무슨 까닭이었을까.

찐 감자 한 알

　그날 밤 또 한 마리의 나비가 나를 찾아왔다.
　여느 날 밤처럼 나는 혼자였고, 이불을 뒤집어쓰고 있었다. 방바닥에 배를 깔고 엎드려 그림을 그렸다. 작은 손거울 하나가 앞에 놓여 있었다. 내가 그리는 대상은 바로 나 자신의 얼굴이었다. 묘하게 어두워진, 보름 남짓 동안 조금은 야윈 듯도 한 얼굴이었다. 다행히 연필을 쥔 손이 전날까지처럼 떨리지는 않았다. 이층이 완전히 비지는 않았다는 위안감 덕분이었다. 비록 아무런 소리도 들리지 않았지만 나는 그가 있다는 것을 알고 있었다. 큰 방 어딘가에서 나무 조각들을 매만지고 있을 그가. 상미누나가 파악한 정보에 따르면 그 사람은 바이올린 제작일을 한다고 했다. 나무를 깎고 다듬어서 바이올린을 만든다는 것이었다. 그래서 그렇게 큰 방이 필요한 것이라고도 했다.
　"동우야! 동우야!"

눈 밑에 어두운 그림자를 넣고 있을 때였다. 어디선가 내 이름을 부르는 소리가 들렸다. 나는 설마 하며 귀를 문지르고는 그림을 계속 그렸다. 잘못 들은 것이려니 생각했다. 나를 부른 게 작은 여자 아이의 목소리인 까닭이었다. 내가 아는 한 그곳에 나를 부를 여자 아이란 없었다. 그러나 그 소리는 다시 한 번 이어졌다. 쭈뼛쭈뼛 일어나 문을 열어보니 놀랍게도 그 애가 서 있었다. 맨 처음 삼촌을 찾아왔던 날 야채 가게 속에서 나를 지켜보았던 아이였다. 숯불 속에서 재가 된 밤 알갱이처럼 검고 깊은 눈망울을 가진. 그녀는 나를 보고 빙그레 웃었다.

"혼자 있니?"

나는 고개를 끄덕였다. 그러자 그녀가 다시 물었다.

"아이 추워. 들어가도 되니?"

그리고는 내 대답도 기다리지 않고 방으로 들어왔다. 그녀는 방 안을 둘러보았고, 나는 심한 수치심을 느꼈다. 도무지 그곳은 사람 사는 방 같지 않았던 것이다. 그러나 그녀는 아무렇지도 않은 듯 말했다.

"너 참 대단하구나. 이런 방에 혼자 있어야 한다면 난 아마 엉엉 울어버렸을 거야…… 이걸 그리고 있었니?"

그녀는 방바닥의 그림을 발견하고는 주저앉았다. 나는 깜짝 놀라서 종이를 치우려 했다. 그러나 그녀가 나보다 빨랐다. 재빨리 그림을 집어 들고 돌아앉았다.

"야, 그림도 잘 그리네. 미술 학원엘 다녔니? 언제 내 얼굴도 그려줄래? 지금 말고, 머리를 감고 예쁘게 빗질하고 오면."

"그만 돌려줘."

"너 지금 나한테 말한 거니?"

그녀는 두 눈이 동그래져서 나를 보았다. 나는 어처구니가 없었다. 그럼 그 방 안에 그녀 말고 누가 또 있단 말인가.

"아이들이 모두 놀랄 거야. 내가 너랑 얘기했다는 걸 알면."

"무슨 소리야?"

"넌 지금까지 아무하고도 얘기를 나누지 않았잖아. 심지어는 선생님하고도. 국어 시간에 일어나서 책을 읽지 않았다면 모두 네가 벙어린 줄 알았을 거야."

이번엔 내가 놀랄 차례였다. 어떻게 그런 사실들을 알았을까. 그때 그녀가 내 의문을 풀어주었다.

"너 내가 너랑 같은 반이라는 건 알고 있었니?"

맙소사. 그랬구나. 나는 속으로 쓴 입맛을 다셨다. 그녀가 나와 같은 반인 것도 몰랐다니. 하지만 그건 충분히 이해가 되는 일이었다. 학교에 가면 나는 고개를 드는 법이 없었다. 하루 종일. 누구의 얼굴도 쳐다보지 않았고, 누구와도 시선을 마주치지 않았다. 내 떨떠름한 침묵에 그녀는 한숨을 내쉬었다.

"몰랐나 보구나. 괜찮아. 지금부터 알면 되지 뭐. 그런데 저녁은 먹었니?"

그녀는 주머니에서 까만 비닐 봉지 하나를 꺼냈다. 그 속에는 찐 감자 한 알이 들어 있었다. 금방 쪘는지 김이 모락모락 오르고 있었다. 나는 감자를 좋아하지 않았다. 특히 찐 감자는 질색이었다. 그러나 그날은 사정이 달랐다. 입에서는 군침이 돌았고, 속에서는 활발한 위장 운동이 시작되었다. 그건 아마도 그 즈음의 내 식생활이 너무 부실한 까닭일 것이었다. 아침은 당연히 굶었고, 점심도 도시락을 싸가지 못하니 때를 놓치게 마련이었다. 저녁 식사는 또 무척 빨랐다. 6시가 되기 전에 끝나게 마련이었다. 누나들이 출근하기 전에 마쳐야 했으니까. 그러니 7시만 지나도 뱃속은 꼬르륵 꼬르륵 난리를 치곤 했다. 내 눈빛의 반짝임을 알아차렸는지 그녀가 말했다.

"어서 먹어봐. 아직 따뜻해서 맛있을 거야."

나는 감자를 집어 들고 한입 베어 물었다. 감자 조각은 입 안에서 달콤한 설탕물로 변했다.

"맛있니?…… 아직 내 이름도 모르겠지. 난 시은이야. 성시은. 아래층 야채 가게집 딸이고…… 내 얼굴 그려줄 거지?"

그녀가 하는 말은 하나도 귀에 들어오지 않았다. 그 순간 내 영혼은 완벽하게 감자의 지배 하에 있었으니까. 그러자 그녀가 다시 말했다.

"내 이름은 성시은이야. 내 얼굴 그려줄 거지?…… 넌 내가 묻는 말에는 하나도 대답하지 않는구나."

물론 나는 대답할 겨를이 없었다. 온통 감자에만 매달려 있었기에. 간신히 그녀의 이름이 기억에 남았다. 성시은. 예쁜 이름이구나. 그러나 다음 순간 나는 다시 감자로 돌아가 있었다. 이젠 거의 다 먹고 마지막 한 조각이 남아 있었다. 딱 한입 크기로, 여전히 김이 오르는 노릇노릇한 속살로. 그걸 먹기 위해 막 입을 벌렸을 때였다. 시은이 벼락같이 손을 뻗더니 감자를 빼앗아갔다. 그리고는 벌떡 일어나 방을 나가버렸다. 내가 멍하니 바라보는 사이 그녀는 신발을 신고 아래층으로 내려가버렸다.

도대체 무슨 까닭일까. 여자들은 왜 이다지도 변덕스러운 것일까. 식기 전에 먹어보라고 재촉할 땐 언제고, 왜 갑자기 마음이 변해서는 빼앗아가버리는 것일까. 나는 입술을 핥으며 입맛을 다셨다. 마지막 한입을 뺏겨버린 게 마치 모든 것을 잃어버린 듯 허전하게 느껴졌다.

월례 행사

다시 월말이 찾아왔다. 나는 마음을 놓고 있었다. 상미누나 일로 삼촌이 돈을 벌었음을 아는 까닭이었다. 상미누나와 육 대 사로 나누어 십이만 원을 받았으니 다른 사람들에게서 받은 돈까지 합치면 제법 수십만 원이 될 것이었다. 그 음습한 골방의 월세래야 고작 이삼만 원일 것이었다. 그러니 문제될 게 없었다. 그런데 이게 어찌 된 일이었을까. 또다시 그 통통한 아주머니가 삼촌의 물건들을 내버리기 시작한 것이었다. 삼촌은 또 뒤늦게 나타나 허리를 굽실거리며 빌었다. 나는 또 그 곁에 서서 울음을 강요당했다. 모든 게 한 달 전과 똑같았다. 벗어날 수 없는 각본처럼. 그리고 나는 한 달 전과 마찬가지로 눈물을 짜낼 수 없었다. 그런데 이번에는 이유가 달랐다. 첫째는 삼촌에 대한 배신감이었다. 분명히 돈을 벌었는데, 왜 굳이 월세를 안 주려는 것일까. 두번째 이유는 시은이었다. 또 어디선가 그녀가 지켜보고 있을 것이었다. 결코 눈물을 보일 수는 없는 일이었다.

행사가 끝나고 이층으로 돌아오자 삼촌은 내 뒷덜미를 움켜쥐어 내팽개쳤다. 통통한 아주머니가 삼촌의 베개를 집어던질 때와 비슷했다. 그리고는 마구 걷어차고 짓밟았다. 처음에 나는 울지도 못했다. 그저 무서워서 몸을 돌돌 말고 떨 뿐이었다. 윽, 윽. 고통스러운 신음을 삼키며. 그러나 어느 순간인가부터 소리가 나오기 시작했다. 눈물도 터져나왔다. 눈물 정도가 아니라 발버둥을 치며 비명을 질러대는 울음이었다. 가슴 밑바닥 깊숙한 곳에 고여 있던 것들이 솟구쳐 올라왔다. 슬픔 서러움 수치심 분노 절망 등등이. 내가 그렇게도 울 수 있다는 사실을 나는 그 순간에도 믿을 수가 없었다. 지금도 마찬가지다. 어떻게 그렇게까지 정나미 떨어지는 통곡을 할 수 있었을까. 비명이 커질수록 삼촌의 폭력도 거칠어졌다.

그 두번째 행사는 발길질에 지친 삼촌이 나를 방문 밖으로 차내는 것으로 끝났다. 밤이 이슥해서 삼촌이 밤마실을 나갈 때까지 나는 마루 밑에 쪼그리고 앉아 떨어야 했다.

이튿날 나는 학교에 가지 않았다. 온몸이 아팠고 욱신거렸기 때문이었다. 게다가 거기에는 또 한 가지 이유가 있었다. 그 모든 일들을 아는 사람이 있었다. 바로 시은이었다. 등교하자마자 그녀가 소문을 쫙 퍼뜨릴 텐데 어찌 학교를 갈 수 있단 말인가. 나는 이번에는 뒷동산에 올라갈 힘도 없어서 그냥 방 한구석에 쪼그리고 앉아 있었다. 점심을 먹을 무렵 윤주누나가 나를 보았다. 학교를 안 갔느냐고 묻던 그녀는 내 수상쩍은 거동을 보고는 옷을 벗겼다. 그리고는 소스라치게 놀랐다. 그녀는 아무것도 알지 못했다. 전날의 행사는 그녀들이 출근한 후에 이루어졌던 것이다.

"어떻게 된 거야? 동우야, 말 좀 해봐. 누구한테 맞았니?"

그러다가 그녀는 사정을 짐작했다.

"삼촌이지? 그렇지?"

윤주누나는 곧바로 삼촌 방의 문을 열어젖혔다. 그리고는 삼촌을 불러내었다. 그녀는 일찍이 내가 본 적이 없는 얼음장 같은 얼굴로 삼촌에게 말했다. 무슨 일로 애를 이렇게 때렸느냐. 이게 삼촌이 조카에게, 아니, 사람이 사람에게 할 짓이냐. 자기 몸 자기 돈은 아까워서 온갖 구두쇠짓을 다 하는 사람이, 이게 도대체 사람의 탈을 쓰고 할 짓이냐. 그녀는 나직하게 말했지만 목소리는 파르르 떨리고 있었다. 나는 무한한 위로를 느꼈다. 나를 위해 누군가가 저렇듯 분노하고 있다는 사실에 감동하여. 삼촌도 처음에는 어리둥절했는지 아무 대꾸가 없었다. 그러나 분위기가 파악되자 코웃음을 쳤다.

"내 참, 별 쓸데없는 참견을 다 듣겠네. 지 앞가림이나 잘하지."

그리고는 방문을 닫고 들어가버렸다. 그러나 윤주누나는 거기서 물러서지 않았다. 다시 문짝을 열어젖히고는 쏘아붙인 것이었다.

"똑똑히 들어요. 또 한 번 이런 일이 있으면 가만있지 않겠어요."

"가만 안 있으면, 어쩔 건데?"

"경찰을 부르겠어요."

"경찰? 호, 경찰이라. 좋은 얘기지. 어디 한번 불러보시지. 대한민국 경찰들이 얼마나 한가한지 구경이나 하게."

"좋아요. 그럼 여기서 꼼짝 말고 기다려요."

윤주누나는 자기 방으로 들어가 외투를 걸쳐 입었다. 구두를 신고 나오려는데 상미누나가 나서서 붙잡았다. 좋게 얘기를 하면 되지 뭐 그런 일로 경찰까지 부르느냐고 말렸다. 그러나 윤주누나는 듣지 않았다. 한사코 뿌리치며 나가려 했다. 그녀는 정말 화가 나 있었고, 정말 경찰을 부르려는 게 분명했다. 실랑이가 이어지는 동안 윤주누나는 구두를 신었고, 조금씩 계단으로 가까이 갔다. 사태가 이렇게 되자 상미누나도 화를 냈다. 윤주누나가 아니라 삼촌을 향해서였다.

"뭐 하는 거예요. 뭘 잘했다고 방바닥에 드러누워 있느냔 말예요. 빨리 나와서 말리지 않고. 다신 이런 짓 않겠다고 약속해요."

삼촌은 사뭇 귀찮은 기색이었다. 그러나 그대로 두었다가는 더 성가신 일이 벌어질 것을 걱정했는지 엉거주춤 일어나 앉았다. 그러자 상미누나는 더 많은 잔소리를 늘어놓았다. 사람이 얼마나 못났으면 열한 살짜리 애를, 그것도 자기 피붙이 조카를 이 지경을 만든담. 이렇게 착하고 얌전한 아이를. 어서 약속 못 해요? 다신 안 그러겠다고……? 삼촌보다는 윤주누나가 들으라는 소리 같았다. 그래도 윤주누나는 기세를 누그러뜨리지 않았다. 결국 계단에다 한 발을 내려놓았다. 삼촌도 이제는 다급해졌는지 두 손을 들고 말았다.
"알았어. 알았다구. 다시 안 그러면 되잖아."
"약속하는 거죠?"
상미누나의 말이었다.
"그래. 약속할게. 원 젠장. 사나이 한갑수, 한 번 안 한다면 안 하는 사람이야."
그 즈음의 모든 날들을 통틀어서 그때처럼 큰 고마움을 누군가에게 느껴본 적은 없었다. 그 순간부터 윤주누나는 내 삶을 인도하는 여신이 되었다. 내 가슴속의 가장 큰 자리를 차지하는 인물이 되었다. 박정희 대통령의 시해로 비롯된 공백과 허전함도 메워지는 듯했다. 그건 비단 가슴속에서만이 아니었다. 실제 생활에서도 그녀는 여신으로서의 역할을 다하기 시작했다. 그녀는 내 상처들에 약을 발라주었고, 얼굴의 멍에는 계란을 문질러주었다. 점심 저녁 두 끼니 식사도 예전보다 훨씬 더 꼼꼼하게 챙겨주었다. 그러나 무엇보다 큰 변화는 뜨개질 바구니에서 일어났다. 비비 인형이 한 구석으로 밀려나고 그 자리에 내가 들어서게 되었다. 그녀는 나를 세워두고 어깨며 허리 둘레며 팔 길이 등을 재더니 내가 겨우내 입을 스웨터를 짜기 시작한 것이었다. 아마 그녀는 나를 그냥 내버려두었다가는 세 가지 중 하나로 끝날 것이라고 걱정한 모양이었다. 삼촌에게 맞아 죽든지 굶어 죽든지 아니면 얼어 죽든지.

모사꾼

여신이 생기기는 했지만 온몸이 욱신거리기는 마찬가지였다. 그 아픔은 며칠을 더 이어졌다. 다음날도 그 다음날도. 나는 학교에 가지 않고 좁은 이층집 안에서 빈둥거렸다. 내가 시간보내기를 가장 좋아하는 자리는 큰 방의 문 앞이었다. 그곳에는 기다란 섬돌이 놓여 있었다. 끄트머리가 보일러실에 붙어 있어서 항상 미지근했다. 엉덩이를 붙이고 앉아 있으면 과히 춥지 않았다. 게다가 그곳에서는 기분좋은 소리를 들을 수 있었다.

슥삭슥삭……

바이올린맨이 무언가를 다듬는 소리였다. 아주 많은 정성이 들어간 듯 그 소리는 일정하게 규칙적으로 이어졌다. 너무 커지지도 않았고 너무 작아지지도 않았고, 아주 긴 시간을 이어졌다. 그 소리를 듣고 있으면 왠지 기분이 나른해졌다. 쑤시고 따갑던 통증도 잊혀졌다. 마치 따뜻한 수증기로 가득 찬 목욕탕에서 엄마가 등을 문질러주는 것도 같았다. 또 그 소리는 그날의 환상을 다시 불러오기도 했다. 바이올린맨이 이사 오던 날, 수많은 나비떼가 트럭에서 날아올라 하늘을 가득 덮던 환상을. 눈을 감고 가만히 귀를 기울이노라면 눈꺼풀 속에서 애벌레들이 꿈틀거렸다. 한 번의 슥삭거림마다 한 마리의 애벌레가 나비로 변했다. 밝고 화사한 원목색의 나비로. 그리고는 푸른 하늘로 높이높이 날아오르는 것이었다. 그 같은 환영 속에서 나는 꾸벅꾸벅 졸음에 빠져들기도 했다.

 그때도 나는 기분좋은 졸음에 빠져들었다. 그리고 깜빡 눈을 붙였을까. 다시 눈을 떴을 때 내 몸은 전혀 엉뚱한 장소에 누워 있었다. 천장이며 벽지며 커튼이며, 모든 것이 달랐다. 낯설고도 아늑한 분위기였다. 나를 수면으로 인도했던 슥삭슥삭 소리는 이제 바로 곁에서 들려오고 있었다. 비로소 나는 그곳이 바이올린맨의 방이라는 사실을 깨달았다. 다정한 슥삭거림의 정체도 알게 되었다. 그건 바이올린맨이 사포로 나무판을 문지르는 소리였다. 슥삭슥삭. 끝없이 동일한 움직임으로 그는 나무판을 밀고 있었다. 한참 동안 그를 지켜보다가 내가 물었다.

 "뭘 하시는 거예요?"

 "응. 일어났구나. 나무판자를 얇게 만드는 중이란다. 이건 바이올린 통으로 쓰기에는 너무 두껍거든."

 바이올린맨은 환한 미소로 나를 돌아보았다. 나는 고개를 갸웃거렸다.

 "더 얇은 판도 살 수 있을 텐데요."

 "맞아. 더 얇은 판도 얼마든지 구할 수 있지. 하지만 좋은 바이올린을 만들려면 이렇게 굵은 판을 자꾸자꾸 갈아서 얇은 판으로 만들어야 해. 그래야 소리의 울림이 고와지거든."

 "많이 힘들겠어요."

 "세상에 쉬운 일이란 없단다. 특히 아름다운 걸 만들기 위해서는 말이야. 우유랑 빵이 있는데, 좀 먹어보련?"

 "아니에요. 죄송해요. 그만 나가볼게요."

 나는 정말 미안함을 느꼈다. 잠시라도 그를 밉게 생각했던 것에 대해서. 그가 이사 오던 첫날부터. 그는 아무것도 잘못한 게 없었다. 단지 내 어두운 현실이 나비처럼 화사한 그의 미소를 거부하고 있었던 것이다. 그러나 바이올린맨은 한사코 나를 붙들어 앉히고 우유와 빵을 내왔다.

"그러지 말고 맛이라도 보렴. 이 방으로 찾아온 첫 손님이니까."

나는 한참을 머뭇거렸다. 일어나야 한다고 생각했다. 하지만 그럴 수가 없었다. 그의 눈길은 너무 편안하고 친절했다. 게다가 마지막으로 먹어본 게 언제였는지도 기억할 수 없는 제과점의 크림빵들이 한껏 향기를 뿜내고 있었다. 결국 나는 빵 하나를 집어 들었다. 조심스럽게 한입을 베어 물었다. 그런데 바로 그때였다. 문밖에서 헛기침 소리가 들렸다. 그리고는 삼촌의 목소리가 나를 불렀다.

"동우 여기 있니?"

나는 소스라치게 놀라서 크림빵을 떨어뜨리고 말았다. 목구멍에서도 전쟁이 일어났다. 캑캑. 아무 대답도 하고 싶지 않았지만 그럴 수는 없었다. 내 신발 두 짝이 방문 밖에 널려 있을 터이기 때문이었다. 허둥지둥 일어나다가 나는 짧은 비명도 내뱉었다. 허벅지의 상처가 찢어질 듯 아파서였다.

그러는 사이 바이올린맨이 먼저 방문을 열고 삼촌에게 인사를 건넸다. 아이가 무료해 보여서 잠깐 불러들여 얘기를 나누는 중이었다고. 바쁘시지 않으면 함께 들어오시라고. 나는 왠지 모를 불안감에 휩싸였다. 두려움, 혹은 불길한 예감 같은 것이 전신을 훑고 지나갔다. 다리가 후들거리기까지 했다. 이유는 알 수 없었지만…… 내가 서둘러 나가려는데 삼촌이 방문을 막아섰다. 그리고는 천천히 밀고 들어왔다. 그는 야릇하게도 우호적인 미소를 얼굴

가득 짓고 있었다. 지난 한 달 남짓 동안 내가 한 번도 본 적이 없는 표정이었다.
 "그래도 될까요. 아이 이거, 그렇잖아도 한번 마주 앉아 소주잔이라도 기울여야지 하던 참인데 말입니다."
 삼촌을 맞아들인 바이올린맨은 또 몇 가지 접대품들을 내놨다. 콜라와 담배, 재떨이 등등이었다. 삼촌은 그 자리에서 콜라 두 잔을 비우고 크림빵 두 개를 털어넣었다. 내가 먹으려다 떨어뜨린 빵까지 맛있게 먹어치우고는 담뱃불을 붙였다. 후우. 기다랗게 연기를 내뿜다가 그는 갑자기 무척 슬픈 표정을 지었다. 내 어깨를 토닥거리면서 물었다.
 "괜찮냐? 많이 아프지……? 삼촌이 잘못했다."
 그건 정녕 뜻밖의 말이었다. 나는 내 귀를 의심하지 않을 수 없었다.
 "가난이 죄지. 무능한 삼촌이 죄지. 어린 너한테 무슨 잘못이 있겠냐."
 삼촌에게서 그런 말을 들으리라고 상상이나 할 수 있었을까. 얻어맞은 후로 밤마다 한숨도 못 자고 끙끙거려도 아프냐는 말 한마디 없던 그였는데. 오히려 시끄럽다고 신경질이나 부리던 그였는데. 그런데 그의 미심쩍은 말들은 계속 이어졌다. 삼촌은 내가 전혀 들어본 적이 없는 얘기들을 늘어놓았다. 자기는 군대에서 뼈가 굵은 사람이다. 특수 여단의 중사로 몇 년을 근무했다. 상사 진급을 앞두고 사고가 발생했다. 낙하산을 타고 내려오다 줄이 꼬인 것이다. 급하게 보조 낙하산을 폈지만 손가락 몇 개가 다시 그 줄에 엉키고 말았다. 덕분에 손은 병신이 되었고, 의병 제대를 당하고 말았다. 제대할 때 받은 퇴직금과 보상금으로 가게를 시작했다. 하지만 장사 수완이 신통찮아서 곧 정리해야 했다. 그때 한 친구가 도와주겠다고 나섰다. 군대를 나와서 증권 회사에서 일하던 친구였다. 주식 투자를 하면 자기가 몇 배로 불려주겠다고 장담한 것이었다. 그렇지만 그것도 뜻대로 되진 않았다. 몇 차례 등락을 거듭하더니 겨우 쥐꼬리만큼만 남게 되었다.

푸우!

삼촌은 한숨을 내쉬고는 주머니를 뒤졌다. 구깃구깃 접힌 종이 한 장을 꺼내었다.

"마지막으로 남은 거랍니다. 일성전자 삼백오십 주. 살 때 가격이 주당 칠천 원이었는데 지금은 삼천 원에도 모자라요. 그런데 이게 말입니다, 이게 장난이 아니에요."

삼촌은 갑자기 눈빛을 반짝이며 소곤거렸다.

"증권사 친구가 그러는데, 일성전자가 곧 아주 특별한 기술 개발을 발표할 거랍니다. 텔레비전 화면과 음질을 획기적으로 개선하는 기술이랍니다. 그것만 발표되면 주가가 열 배쯤 오르는 건 문제도 아니래요. 길어야 한 달 아니면 두 달인데……"

그 대목에서 삼촌은 다시 어깨를 늘어뜨렸다.

"그런 사정도 모르고 주인집 아주머니는 매일처럼 닦달이니, 참 죽을 맛이지 뭡니까. 길어야 한 달 아니면 두 달인데. 그때면 자그마치 천만 원이 들어오는데. 고작 방세 몇만 원 밀린 걸 갖고 방을 빼라고 저 난리니. 누가 한 오만 원만 빌려주면 이자를 몇 배로 쳐서 갚아드릴 수가 있는데……"

그는 또 길게 한숨을 내쉬었다.

그때쯤에는 나도 사정을 깨달을 수 있었다. 특수 여단이니 낙하산이니 말도 안 되는 흰소리들을 그가 잔뜩 늘어놓는 까닭을. 주식은 미친놈이나 하는 짓이라던 그가 난데없이 일성전잔지 뭔지를 들먹이는 까닭을. 삼촌은 그때 바이올린맨의 주머니를 노리고 있었던 것이다. 나는 내심 코웃음을 쳤다. 아무리 그래봤자 누가 선뜻 그런 큰돈을 빌려주겠는가. 오만 원이라면 자장면을 백 그릇이나 사먹을 수 있는 돈인데. 그러나 바이올린맨은 놀랍게도 선선히 고개를 끄덕였다.

"그런 사정이 있었군요. 세상살이에 어느 것 하나 쉬운 게 있어야죠. 우선 제가 좀 융통해드리겠습니다. 이자는 생각지도 마십시오. 이웃사촌 간에 어떻게 이자 같은 걸 계산하겠습니까."

기가 막힐 노릇이었다. 나는 두 눈을 동그랗게 떴다. 그리고 온갖 인상을 찌푸리며 바이올린맨을 말리려고 애썼다. 아니에요. 그게 아니에요. 아저씬 지금 사기당하고 있어요. 순 엉터리 거짓말이란 말예요. 그러나 소용없는 일이었다. 바이올린맨은 나를 쳐다보지도 않았다. 거금 오만 원이 이미 그의 지갑을 빠져나와 삼촌 손에 건네지고 있었던 것이다.

돈을 받아든 삼촌은 희희낙락하며 나를 데리고 나왔다. 그로서도 믿어지지 않는 일일 것이었다. 그처럼 간단히 돈을 뜯어내었다는 사실은. 그리고 삼촌은 내 속마음이라도 읽은 듯 이렇게 말했다.

"가자. 삼촌이 너 오늘 자장면 한 그릇 사주마."

사정이 어찌 되었든 자장면은 맛이 있었다. 꿀물처럼 주르륵 목구멍을 타고 내려갔다. 그러나 그것도 공짜는 아니었다. 자장면을 먹는 동안 내내 나는 삼촌의 잔소리를 들어야 했다. 삼촌이 너를 다소 거칠게 대하는 것은 너를 미워해서가 아니다. 오히려 정반대다. 너를 위해서 그러는 것이다. 넌 내게 하나밖에 없는 형님의 외아들이다. 내 아버지의 유일한 손자이기도 하다. 그래서 더 큰 책임감을 느낀다. 무슨 말인지 알겠느냐. 이 험한 세상에서 살아남기 위해서는 남자는 강해져야 하는 것이다. 거칠게 얻어맞고 걷어차이면서 단련되어야 하는 것이다…… 그리고 그 장황한 잔소리의 끄트머리에서 그는 이런 주문을 했다.

"앞으로 그 친구랑 좀더 가깝게 지내도록 해라. 그 방에도 자주 드나들고, 잔심부름도 해주고. 그 어수룩한 친구가 널 아주 철저하게 믿게 만들란 말이다. 무슨 말인지 알겠니?"

갑자기 나는 속이 부글거렸다. 위장이 뒤틀리면서 쓴물이 올라왔다. 쑤셔넣었던 자장면을 모조리 토해내고 싶었다.

예쁜 종아리

또 사흘 동안 나는 학교엘 가지 않았다. 나흘째는 일요일이어서 공식적인 결석은 면했다. 다음날엔 출석이 가능할 것 같았다. 상처와 통증이 어지간히 가라앉은 덕분이었다. 그런데 그 일요일 저녁 누군가가 방문을 두드렸다. 시은이었다. 문틈으로 빠끔히 들여다보고 내가 혼자임을 확인한 그녀는 스스럼없이 들어왔다. 허락을 구하는 말 한마디 없이. 아주 당연한 권리라는 듯. 그동안 우리 사이에서는 아무런 일도 없었다. 가끔 나는 학교에서 그녀를 곁눈질해 볼 때가 있었다. 그러나 그뿐이었다. 그녀도 나도, 알은체도 하지 않았던 것이다.

"많이 아프니?"

시은은 내 얼굴을 요리조리 뜯어보더니 물었다. 굳이 숨길 일이 없는 사이라는 게 조금은 편했다. 어차피 모든 걸 알고 있을 테니까. 나는 시큰둥히 대답했다.

"괜찮아."

"꽤 많이 맞는 것 같던데?"

그녀는 전혀 다른 사람 얘길 하는 것처럼 말했다. 그게 내 마음을 더 편하게 해주었다. 그래서인지 피식 웃음도 나왔다. 그러자 그녀가 손가락 하나를 뻗어서 내 눈 밑의 멍 자국을 만졌다.

"내일이면 표시도 거의 지워지겠어. 이렇게 누르면 아프니?"

"아아!"

짧은 비명이 터져나왔다. 다 나은 줄 알았지만 시은이 누르자 아픔이 되살아났다.

"미안…… 아, 그렇지. 잠깐만 기다려."

방을 나간 그녀는 잠시 후 약병 하나를 들고 돌아왔다. 물파스 같았다. 내게 눈을 꼭 감으라고 한 다음 그녀는 그것을 눈 밑에 발랐다. 시원한 기분이 얼굴 전체로 퍼졌다.

"다른 데도 모두 발라. 엄마 거니까 다시 갖고 내려가야 해."

나는 팔과 다리를 내밀었고 등허리까지 보여주었다. 시은은 부지런히 물파스를 발랐다. 그런데 등을 맡기고 있자니 간지러움이 느껴졌다. 창피한 생각도 들었다. 그래서 그만두게 했다.

"앞엔 없니?"

"없어."

물론 그건 거짓말이었다. 가슴과 배에도 몇 군데가 있었다. 시은은 물파스 뚜껑을 닫으며 말했다.

"학교에선 아무한테도 얘기하지 않았어. 선생님도 물어보셨지만, 그냥 아픈 것 같더라고만 했어. 네가 싫어할 것 같아서."

"고마워."

나는 아주 작은 목소리로 감사를 표했다. 물파스를 주머니에 넣다가 그녀는 아참 하고 말했다. 그리고는 또 검은 비닐 봉지 하나를 꺼내었다. 지난번과 똑같이 김이 모락모락 오르는 찐 감자 한 알이었다. 내가 말했다.

"피이. 또 뺏어가려고?"

"그럴지도 모르지. 네가 또 내 말은 들은 척도 안 하고 감자에만 매달리면."

찐 감자는 여전히 맛있었다. 소금을 넣고 쪘는지 짭짤하게 간도 맞았다. 행여 또 빼앗길까 봐 나는 두 손으로 감싸고 먹었다. 그러자 시은이 배시시 웃었다.

"천천히 먹어. 이젠 안 뺏어갈게. 그런데 오늘은 그려줄 거지?"

"뭘?"

"초상화. 내 얼굴 말이야. 이것 봐. 머리도 감고 머리핀도 제일 예쁜 걸로 하고 왔어."

그녀는 고개를 왼쪽 오른쪽으로 돌리며 머리핀을 보여주었다. 정말 예쁜 핀이었다. 오렌지색 강아지 두 마리가 그녀의 머리카락 위에 올라앉은 것이었다. 그뿐 아니었다. 엄마의 화장품을 발랐는지 얼굴이 반짝반짝했다. 목덜미도 하얗게 반짝거렸고, 그 아래로는 예쁜 꽃무늬가 그려진 원피스를 입고 있었다. 내가 유심히 살펴보자 시은은 우쭐해졌다. 콧날을 더 세우며 기분좋은 미소를 머금었다.

"어때, 그려줄 거지?"

감자를 다 먹어치운 다음 나는 종이와 연필을 잡았다. 사실 나는 그림그리기를 좋아했다. 짧은 기간이었지만 미술 학원도 다녔다.

엄마를 졸라서. 집안 살림이 크게 어렵지만 않았다면 아마 계속 그림을 배웠을 것이었다.

시은은 내가 몇 개의 선을 그릴 때마다 쫓아와서 들여다보곤 했다. 얼굴이 제법 윤곽을 잡게 되자 손뼉을 치며 기뻐했다. 그게 너무 잦아져서 나를 성가시게 했다. 다섯 번인가 여섯 번을 참다가 나는 벌컥 화를 냈다. 자꾸 그렇게 움직이면 그림을 그릴 수가 없다고. 그제야 그녀는 다소곳이 자세를 취했다. 시무룩이, 그러나 억지로 미소를 만들며. 그런데 이상한 일이었다. 그녀가 움직임을 멈추자 이번에는 내 가슴이 슬금슬금 움직임을 시작하는 것이었다. 슥삭슥삭, 마치 나무판을 문지르는 바이올린맨의 사포처럼. 그리고 내 눈길은 자꾸자꾸 아래로 내려갔다. 원피스 아래로 드러난 그녀의 날씬한 다리를 향해.

일단 마음이 그쪽으로 움직이자 나는 그림에 집중할 수가 없었다. 이러면 안 돼. 이러면 안 돼. 난 삼촌처럼 비열한 사람은 되지 않을 거야. 그림을 그린다고 해놓고서 다리만 훔쳐보고 있다니. 그러면 안 되지⋯⋯ 몇 번이고 마음을 다잡으려 애썼다. 그러나 소용없는 일이었다. 가슴이 뛰었고, 얼굴이 뜨겁게 달아올랐다. 시은의 종아리가 너무 예뻤다는 사실도 내 체온을 일 도쯤은 더 올려주었을 것이었다. 결국 나는 연필을 내려놓고 말았다.

"오늘은 여기까지만 하자."

"왜 그래? 아직도 아프니?"

시은이 걱정스럽게 다가왔다. 내 얼굴이 붉어진 것을 알아차리고는 이마를 짚어보려 했다. 그러나 나는 더 불편해져서 그녀의 손길을 피했다. 그녀의 날씬한 종아리들이 너무 가까이 다가온 것이었다.

"아니야. 괜찮아. 그만 내려가봐."
"왜 그러냐니까? 열이 오르니? 약 갖다줄까?"
"그만 내려가라니까!"
나는 버럭 소리를 질렀다. 시은은 놀라서 나를 빤히 쳐다보더니 말했다.
"너 꼭 너네 삼촌처럼 소릴 지르는구나."
그리고는 방문을 열고 나가버렸다. 그녀의 뒷모습에다 대고 나는 이렇게 말했다.
"다음번엔 치마 입고 올라오지 마."
시은은 잠시 주춤하는 듯했다. 그러나 곧 걸음을 옮겨 어둠 속으로 사라졌다.

마술

이튿날 저녁 시은은 다시 우리 방 문을 두드렸다. 미안한 마음도 있고 해서 나는 반갑게 문을 열었다. 그러나 방 안으로 들어서는 그녀를 보자 잠시 숨이 멎는 것 같았다. 치마를 입고 오지 말라고 부탁했지만 그녀는 전날보다 더 짧은 미니스커트를 입고 온 것이었다. 그녀의 예쁜 다리는 전날보다 한 뼘은 더 드러나보였다. 아무렇지도 않은 듯 그녀는 자리를 잡고 앉았다. 생글생글 웃으며 나를 쳐다보고는 이렇게 말했다.
"오늘은 다 그렸으면 좋겠어."
나는 아무 말도 할 수 없었다. 묵묵히 연필을 집어들 수밖에.
화가 잔뜩 난 사람처럼 나는 그림만 그렸다. 목 아랫부분은 쳐다보지도 않고. 그렇게 독한 마음을 먹으니 몇 분 간은 버틸 수가 있었다. 그런데 시은은 나를 그냥 내버려두지 않았다. 약이라도 올리려는 듯 이런 얘기를 붙이는 것이었다.
"너, 형태라는 애 알지……? 얼굴이 특이하게 생긴 애 말이야."
"누구야?"
나는 짤막하게 대꾸했다.
"너 처음 전학 온 날 같이 옥상에 올라갔다던데?"
"원뿔?"
"호호호, 그래, 원뿔처럼 생긴 애…… 걔 때문에 귀찮아 죽겠어."
"왜?"
"나더러 자꾸 자기 여자 친구 하자고 그러잖아. 요즘은 또 학교에다 이상한 소문도 퍼뜨리고."
"무슨 소문?"
"몰라. 애들이 그래. 뻔하지 뭐. 자기랑 나랑 결혼하기로 했다는 등 뭐 그런 소리겠지. 나쁜 자식."
나는 대꾸할 말이 없었다. 그래서 묵묵히 그림만 그렸다. 그러나 그때부터는 그림도 잘 되지 않았다. 나쁜 자식. 원뿔. 꼭대기에 털귀마개나 얹어놓은 자식 같으니. 시은이랑 결혼을 하겠다고? 마음대로 하라지. 내가 무슨 상관이람. 이건 어차피 꿈인데. 내가 곧 돌아갈 현실 세계에는 원뿔이니 털귀마개니 시은이니 하는 것들은 존재하지도 않을 텐데. 그런데 왜 시은인 자꾸 짧은 치마를 입고 와서 나를 괴롭히는 것일까. 저 예쁘고 날씬한 다리를 왜 자꾸 내게 들이미는 것일까. 내가 삼촌도 아니고 자기가 상미누나도 아닌데. 제기랄. 이 방이 무슨 열쇠 구멍 속이란 말인가…… 그런데 그런 생각을 하자니 속이 더 뜨겁게 뒤집혔다. 뜻밖에도 그곳은 그 열쇠 구멍 속이었다. 삼촌과 상미누나의 섹스를 엿보았던 열쇠 구멍 속, 바로 그 구멍 한가운데 나는 앉아 있었던 것이다. 다리를 가지런히 드러낸 시은과 함께…… 다시 얼굴이 달아오르고 숨이 막혀왔다. 그날의 그 가쁜 신음 소리들이 들려오는 듯했다. 나는 연필을 내려놓았다. 힘겹게 두어 차례 심호흡을 했다.

"또 왜 그래?"

시은이 물었다. 나는 간신히 한마디를 내뱉었다.

"가."

"왜?"

"가."

"아프니?"

"가라니까…… 치마 입고 오지 말랬잖아!"

시은은 잠시 말이 없었다. 그러나 벌떡 일어나더니 미니스커트의 지퍼를 내렸다. 스커트는 그녀의 다리를 따라 흘러내렸다. 마술처럼. 예쁜 다리가 허벅지까지 뻗어 올라갔다. 스웨터 아래로 분홍색 팬티도 한 조각 보였다. 그녀가 물었다.

"됐니?"

이젠 정말 숨을 쉴 수 없었다. 가슴속에서 유조선이 폭발하는 것 같았다. 아주 가끔 그런 순간이 오면 나는 의식을 잃었다. 몸은 움직이고 있었지만 의식은 하얗게 정지했다. 나는 시은을 그리던 종이를 집어 들어 북북 찢었다. 찢고 또 찢고, 아주 잘게 찢어서는 입 속에다 쑤셔넣었다. 그리고는 마구 씹었다. 매캐한 종이 냄새가 입과 코로 퍼졌다. 종이즙이 식도를 타고 넘어가자 헛구역질이 올라왔다. 욱, 우욱. 유조선의 불길이 밀어내는 것이었을까. 그래도 나는 멈추지 않고 종이를 씹었다. 난 삼촌이 아니야. 삼촌이 아니란 말이야. 종이죽과 종이즙을 꾸역꾸역 삼켰다. 그리고는 헛구역질을 해대었다. 그렇게 얼마 동안 사투를 벌였을까. 결국 나는 모든 것을 게워올리고 말았다. 종이는 물론 연노랑색 찐 감자죽까지.

간신히 제대로 숨을 쉬게 되었을 때 시은은 이미 그 자리에 없었다. 그녀의 다리를 따라 흘러내렸던 미니스커트도 사라지고 없었다. 마술처럼.

자전거 하이킹

이어지는 며칠 동안 나는 많이 우울했다. 시은과의 관계가 엉망이 되었다는 게 가장 슬픈 일이었다. 꿈속에서도 이처럼 슬플 수가 있다니. 이해할 수 없는 일이었다. 게다가 나는 또 한 가지 사실을 새로 알게 되었다. 형태, 그러니까 그 원뿔이 바로 그 퉁퉁한 아주머니의 아들이라는 것이었다. 월말이면 삼촌의 물건들을 내던지며 내게 눈물을 강요했던 아주머니의. 다시 말하자면 형태는 삼촌과 상미누나 등이 사는 건물의 주인집 아들이었다. 시은의 어머니 역시 형태의 모친에게서 일층을 빌려 살며 야채 가게를 하고 있었다. 그 사실은 나를 한층 더 답답하게 만들었다. 하필이면 시은이 형태네 건물에 세 들어 살고 있다니…… 그러니 형태놈은 기고만장하여 시은이 자기랑 결혼을 한다느니 어쩐다느니 헛소리를 하고 다니는 게 아니었을까. 건방진 원뿔 같으니라고.

나를 우울하게 하는 건 그러나 그게 다가 아니었다.

"오늘은 빠씨 방에 갔었니?"

삼촌은 하루에도 두세 번씩 그런 질문을 했다. 심문에 가까운 질문이었다. 그리고 그는 구부러진 손가락으로 내 머리를 쓰다듬으며 속삭였다. 자주 들락거려야 한다. 알겠니? 자주 놀러 가서 어디에 뭐가 있는지 모두 알아두란 말이야. 저금통장도 찾고, 도장도 찾아보고, 현금은 어디다 감춰두는지도 알아내고…… 그의 속삭임에는 늘 누르스름한 이빨 냄새가 섞여 있었다. 나는 머리가 아프고 소름이 돋았다.

그런 사정 때문에 나는 오히려 바이올린맨을 멀리하게 되었다. 가능하면 그의 방에는 들어가지 않았다. 그가 늘 나를 초대했지만. 맛있는 과자와 친절한 미소가 기다린다는 것도 알고 있었지만.

그러나 때로는 경계심이 유혹을 당해내지 못할 경우도 있었다.

그날 바이올린맨은 산뜻한 차림으로 방을 나섰다. 그의 손에는 신문지로 싼 기다란 물건이 들려 있었다. 나를 보고는 빙그레 웃으며 물었다.

"아저씨랑 바깥 구경 나갈까?"

"아뇨."

"자전거를 타고 바람처럼 달릴 텐데."

"자전거요? 진짜요? 어디루요?"

나는 이미 엉덩이를 들어 일어서고 있었다. 경계심 따위는 까맣게 사라지고 없었다.

바이올린맨의 말에는 약간의 과장이 있었다. 그는 결코 바람처럼 달리지는 않았다. 오히려 무척 조심하는 편이었다. 그러나 그것만으로도 열한 살의 초등학교 사학년 꼬마를 기쁘게 만들기에는 충분했다. 나는 그의 허리띠를 그러쥐고 사방을 두리번거렸다. 그는 꽤 긴 시간을 달려서 꽤 먼 거리까지 갔다. 그 동네로 옮겨간 이

후에 내가 그처럼 먼 길을 나서보기는 처음이었다.

이윽고 바이올린맨이 멈추어 선 곳은 제법 번화한 거리였다. 자동차도 많이 다녔고, 온갖 종류의 상점들이 백 미터도 넘게 늘어서 있었다. 바이올린맨은 그 중 한 상점으로 나를 데리고 들어갔다. 다름아닌 바이올린 가게였다. 그는 신문지를 풀어헤쳤는데 거기서도 바이올린 한 대가 나왔다. 상점 주인은 그것을 집어 들고 이리저리 훑어보았다. 두드려도 보고, 활로 켜보기도 하더니 만족스러운 미소를 지었다.

"자네가 만드는 바이올린은 가짜가 없어."

두 사람은 잠시 대화를 나눴다. 주로 바이올린에 대한 것이어서 알아듣기 어려운 말들이었다. 그리고 상점 주인은 돈을 건넸다. 얼핏 보기에 만원짜리가 스무 장은 넘을 성싶었다.

바이올린 상점을 나온 바이올린맨은 또 한 가게로 나를 데려갔다. 그곳은 빵집이었다. 문을 열고 들어서자 버터 향기가 몰려들어 나의 작은 영혼을 에워쌌다. 가슴속은 커다란 풍선처럼 부풀어올라 금세라도 터져버릴 것 같았다. 그가 말했다.

"먹고 싶은 걸 골라보렴."

나는 몹시 민망했다. 그러나 그 많은 빵들 앞에서 아무것도 고르지 않는다는 것은 불가능한 일이었다. 한참을 망설인 끝에 나는 크림빵 하나를 집어 들었다. 며칠 전 겨우 한입을 베어 물고 삼촌에게 뺏겼던 바로 그 빵이었다. 바이올린맨이 몇 개의 빵을 더 골랐고, 우리는 창가의 테이블로 갔다. 맛있는 빵을 얻어먹자니 나는 무언가 보답을 생각하지 않을 수 없었다. 크림빵 하나를 다 먹어치운 다음 내가 조심스럽게 입을 열었다.

"우리 삼촌 말예요."

"응."

"믿지 마세요."

"왜?"

"그런 게 있어요. 하여튼 믿지 마세요…… 다른 사람 돈을 모두 자기 돈처럼 생각하는 사람이니까요."

"그래?"

바이올린맨은 또 빙그레 웃었다. 그가 내 말을 진지하게 받아들이지 않는 것 같아 나는 속이 탔다.

"그날 아저씨한테 한 얘기도 모두 엉터리예요. 특수 부대에서 낙하산을 탔다느니, 사업을 했다느니, 주식을 한다느니, 모두 터무니없는 거짓말이라구요. 삼촌이 손가락을 다친 건 택시 운전을 하다가 사고를 당해서였어요. 그뒤로 줄곧 아무 일도 하지 않았어요. 자동차 사고를 위장해서 보험금을 타내는 사기꾼짓은 몇 번 한 모양이에요. 그게 다예요. 무슨 얘긴지 알겠어요?"

"동우야, 삼촌에 대해서 그렇게 나쁘게 생각하면 안 된단다. 직업도 없고 손까지 다쳐서 세상을 살아가려면 여간 힘든 게 아닐 게야."

"그런 게 아니에요."

"게다가 어른들에게는 동우가 아직 모르는 어려움들도 많이 있어……"

그때였다. 가게 문이 열리고 한 남자가 들어섰다. 남자는 바이올린맨을 보고는 몹시 반가워했다. 인사를 나눈 후에 카운터의 여종업원에게 맛있는 빵을 더 내오라고 했다. 아마도 그 빵집의 주인인 모양이었다. 바이올린맨은 그 남자에게 은경이라는 딸의 소식을 물었고, 남자는 고개를 끄덕였다. 잘은 지내지. 하지만 그때 장선생한테 바이올린 공부를 계속했어야 하는데 말이야, 요즘 대학 진학을 앞두고 뒤늦게 후회하고 있다우. 그리고 그 말 끄트머리에서 남자가 말했다.

"참, 예전에 고양이를 키우고 싶다고 했죠? 우리 은비가 새끼를 낳았는데 한 마리 가져가려우?"

남자는 내실로 들어가더니 작은 고양이 한 마리를 가져왔다. 내 손바닥 위에도 올려놓을 수 있을 만큼 작고 귀여운 새끼였다. 그 고양이를 보고 있자니 괜히 미안한 마음이 들었다. 삼촌네로 온 이후로 기분 나쁜 일만 있으면 고양이를 찾아 헤맸던 것이다. 옆구리를 걷어차버리기 위해서. 앞으로는 그런 생각도 안 해야 되겠구나, 나는 내심 그렇게 마음먹었다. 자전거를 타고 집으로 돌아오는 길에 새끼 고양이는 내 품 속에서 꿈틀대며 야옹거렸다.

사랑의 인사

가장 먼저 나는 윤주누나네 방으로 달려갔다. 마침 상미누나는 나가고 없었다. 윤주누나가 혼자서 뜨개질을 하고 있었다.

나는 식빵 한 덩이를 내밀고 큰 방 아저씨의 선물이라고 했다. 바이올린맨은 빵집을 나서면서 세 덩이의 식빵을 샀는데 그 중 두 개를 우리 방과 누나네 방에 주었던 것이다. 아직도 따뜻한 식빵 봉지를 안아들고 윤주누나는 향기를 깊숙이 들이마셨다. 입가에는 무척 행복한 미소가 피어올랐다. 그녀에게서 그런 표정을 찾아보기란 쉬운 일이 아니었다. 그러나 아쉽게도 내게는 그 표정을 감상하고 있을 여유가 없었다. 그녀에게 나는 중요한 부탁이 있었다.

"누나가 도와줘야 해요. 삼촌 말대로, 바이올린맨은 너무 어리숙해요."

나는 그간의 일들을 설명했다. 거금 오만 원을 삼촌이 간단히 뜯어낸 일, 그러나 그건 시작에 불과하며 호시탐탐 기회를 노리고 있다는 일, 그런데도 바이올린맨은 태평하기만 하다는 것, 내가 주의를 주었지만 그냥 웃어넘기더라는 것 등등. 그런데 이상한 일이었다. 누나는 별 반응이 없는 것이었다.

"그래서 그랬구나. 상미랑 갑부삼촌이랑 요즘 부쩍 숙덕거림이 많다 했더니……"

그렇게 한마디를 흘릴 뿐이었다. 그리고는 다시 뜨개질을 했다. 실망스러운 일이었다. 그녀가 응당 함께 분개해주리라 기대했던 것이다.

"안 도와줄 거예요? 빵까지 선물받았는데?"

나는 약간 볼멘소리로 말했다. 그녀는 무덤덤히 대꾸했다.

"난 나 하나 살기에도 바쁜 사람이야. 다른 사람들 일에 나서서 간섭할 여유가 없어."

"어떻게 다른 사람들 일이에요. 바로 우리집 식구들 일이잖아요…… 그럼 왜 내가 맞았을 때는 그렇게 도와줬어요?"

"그건, 그건 사정이 달라. 넌 아직 어린애잖아."

"마찬가지예요. 나이만 많았지 바이올린맨은 저보다 더 어리숙하다구요."

"그렇지 않아. 그 나이가 되었으면 자기 앞가림은 자기가 해야지. 너도 어서 가서 네 할 일이나 해. 그래야 빨리 어른이 되지."

윤주누나는 조금씩 성가신 모양이었다. 그러나 내 고집도 간단치는 않았다.

"그렇지만 빵까지 얻어먹었잖아요."

"누가 달라고 했니? 그리고 아직 먹지는 않았잖아."

그렇게 말한 그녀는 문득 뜨개질 바구니를 옆으로 치웠다. 식빵 봉지를 집어 들고는 자리에서 일어났다.

"그냥 빵을 돌려주는 게 낫겠다. 너한테 계속 시달리느니."

"안 돼요. 그럼 안 돼요."

나는 놀라서 따라나섰다. 하지만 윤주누나는 발길을 멈추지 않았다. 고집스런 얼굴이었다. 그 길로 곧장 바이올린맨의 방으로 갔다. 내가 옷자락을 잡고 매달렸지만 소용없는 일이었다. 그런데 그녀는 방문 앞에서 우뚝 멈추어 섰다. 우두커니 정지해버렸다. 문을 열거나 두드릴 생각도 하지 않고서. 무슨 까닭일까. 나는 그녀를 쳐다보았다.

제법 시간이 지나서야 나는 그녀가 방 안에서 흘러나오는 바이올린 소리에 귀를 기울이고 있음을 알게 되었다. 부드럽고 조용하고 감미로운 선율이었다. 마치 한 마리 학이 따사로운 봄 햇살 속에서 커다란 날개를 너울거리는 듯.

"엘가야. 「사랑의 인사」. 내가 제일 좋아하는 곡인데……"

윤주누나는 혼잣말을 중얼거렸다.

그처럼 길고도 짧은 정지의 순간이 또 있을까. 그녀가 숨을 멈춘 건 바이올린 소리 때문이었고, 내가 숨을 멈춘 건 그녀의 결빙 때문이었다.

이윽고 음악이 끝났을 때 나는 길게 숨을 내쉬었다.

"누나, 누나……! 뭐 하는 거예요……? 윤주누나!"

내가 몇 번을 부른 다음에야 윤주누나는 눈을 깜박거렸다. 응, 그래, 왜. 그녀는 이상한 음절 몇 개를 내뱉었다. 그런데 그때였다.

큰 방의 문이 열리고 바이올린맨이 나타났다. 방문 밖의 수상쩍은 소리들이 그를 불러낸 것이었다. 그는 윤주누나와 나를 번갈아 보더니 말했다.

"죄송합니다. 바이올린 소리가 너무 시끄러웠나 보군요."

"아니에요. 아니에요. 전혀 그렇지 않았어요."

윤주누나는 서둘러 부정했다. 그리고는 식빵 봉지를 가리키며 고개를 숙였다.

"저, 이거 말예요⋯⋯ 잘 먹을게요. 그 말씀 드리려구요."

"아닙니다. 이사 온 지가 열흘이 넘었는데, 인사가 너무 늦었습니다."

"네, 그럼."

윤주누나는 그 길로 돌아서서 자기네 방으로 들어가버렸다. 나는 도무지 영문을 알 수 없었다. 빵을 돌려주겠노라고 나갔던 사람이 홍당무가 된 채 도망쳐 오다니. 잘 먹을게요. 그 말씀 드리려구요?

나는 다시 윤주누나의 방으로 쫓아 들어갔다. 그러나 그녀는 나를 내몰았다. 훠이훠이 참새를 몰아내듯. 얘, 너 나가 있어. 나 피곤해서 눈 좀 붙여야겠어. 하지만 그녀의 빨갛고 어색한 눈동자는 도무지 잠을 청할 기색이 아니었다. 게다가 그녀는 낮잠이라고는 자는 법이 없었던 것이다.

대시

나의 여신 윤주누나는 조금씩 이상해졌다. 눈빛이 풀어질 때도 많았고, 괜히 큰 소리로 떠들어댈 때도 있었다. 뜨개질을 하다가도 멍하게 동작이 정지되곤 했다. 전엔 좀처럼 없던 일들이었다. 하지만 그건 아주 미묘한 차이여서 나를 제외하고는 아무도 눈치 채지 못했다. 나는 어쩐지 기분이 좋아졌다. 내가 아는 한, 두 사람은 모두 좋은 사람들이었다. 만약에 만약에 그들 사이가 연인으로라도 발전한다면 그보다 기쁜 일이 또 있을까.

나는 그들을 위해서 무슨 일이라도 해주고 싶었다. 그러나 함부로 움직일 수는 없는 노릇이었다. 시간이 필요할 테지. 윤주누나가 마음을 정리하려면 시간이 더 필요할 테지. 그렇다면 그동안엔 아주 작은 일부터 시작해보자. 나는 그렇게 마음먹고 바이올린맨에게 자잘한 작전들을 썼다. 지나가는 말투로 슬쩍슬쩍 윤주누나 얘기를 하는 것이었다. 조용하고 차분하다. 얼핏 보면 차가워 보이지만 속마음은 너무도 깊고 따뜻한 사람이다. 지난번에 내가 삼촌에게 맞았을 땐 사흘 동안 매일 계란 마사지를 해주고 팔다리를 주물러주었다. 그러면서 눈물을 흘리기까지 했다.

바이올린맨도 윤주누나에게 관심이 있는 눈치였다. 내가 그녀 얘기를 할 때면 사포질을 멈추고 귀를 기울였다. 식빵에 마가린을 발라주거나 우유를 한 잔 더 주기도 했다. 좀더 많은 얘기를 들으려는 것이었다. 그러면 나는 슬며시 어깨에 힘을 주고 말했다.

"지난번에 아저씨가 연주한 곡이 뭔지 알아요. 「사랑의 인사」라는 거죠?"

바이올린맨은 놀란 표정을 지었다.

"그걸 어떻게 알았지?"

"윤주누나가 그랬어요. 누나는 작곡가까지 알고 있었어요. 엘…… 엘 뭐라고 했는데."

"엘가야."

"그래요. 엘가. 누나도 그랬어요. 누나는 모르는 게 없거든요."

"정말 그렇구나. 클래식 음악을 무척 좋아하는 모양이지."

"윤주누나는 늘 조용하지만 늘 무언가로 가득 차 있어요."

바이올린맨은 고개를 끄덕였다. 그는 윤주누나에 대해 새로 눈을 뜨는 기색이었다.

그렇게 며칠이 지나갔다. 학교에서 돌아온 나는 누나네의 슬리퍼 한 켤레가 바이올린맨 방 앞에 놓여 있는 것을 발견했다. 나도 모르게 함박웃음이 피어났다. 드디어 윤주누나가 용기를 내었구나. 바이올린맨처럼 어수룩한 남자에게는 똑똑하고 용기 있는 여자가 필요한 법이지. 그러나 잠시 후 그 방에서 흘러나온 웃음 소리는 뜻밖에도 상미누나의 것이었다. 깜짝 놀란 나는 누나네 방문을 열어보았다. 윤주누나는 한쪽 구석에 다소곳이 앉아 뜨개질을 하고 있었다. 나는 큰 소리로 물었다.

"어떻게 된 거예요?"

"뭐가?"

"상미누나 말예요. 왜 누나가 아니고 상미누나가 저 방에 들어간 거예요?"

"무슨 말을 하는지 모르겠구나."

그녀는 뜨개질을 계속했다.

나는 서둘러 큰 방으로 달려갔다. 나를 본 바이올린맨은 뛸 듯이 반가워했다. 뭘 하다가 이제야 나타났느냐고 야속해하는 눈빛마저 보였다.

"금비랑 놀아도 돼요?"

"물론이지. 금비도 널 몹시 보고 싶어하던걸."

그는 나를 끌어안다시피 방으로 데리고 들어갔다. 금비는 지난번에 빵집에서 데려온 새끼 고양이였다. 엄마인 은비를 따라 금비라고 이름지었다. 바이올린맨은 나를 위해 과자 봉지 하나를 뜯었다. 금비에게 주라며 우유도 한 접시 내왔다. 그리고는 나와 금비 곁에 눌러앉아 즐거워했다. 마치 삼총사라도 된 듯. 한순간에 외톨이가 된 사람은 바로 상미누나였다. 물론 용감하고 목소리도 큰 그녀는 우리 사이로 파고들었다. 그러나 쉽게 하나가 되진 못했다. 물방울들 속에 기름 방울이 끼어들려는 것처럼 어색했다. 나와 바이올린맨과 금비 사이에는 할 얘기들이 많았다. 이미 여러 가지 일들이 벌어진 터였으니까. 그리고 상미누나는 그 많은 일들을 이해하지 못했던 것이다. 결국 잠시 만에 그녀는 한구석으로 물러앉고 말았다. 그리고 다시 얼마가 지났을까. 내가 그녀에게 물었다.

"그런데 누난 춥지 않아요?"

상미누나는 아주 조금의 옷만을 입고 있었다. 춤을 출 때처럼. 가슴이 훤히 비치는 반팔 셔츠에 짧은 핫팬츠를. 맙소사. 십이월도 벌써 여러 날이 지난 무렵이었는데.

"응? 아아니."

그녀는 두 팔로 다리를 감싸 안으며 그렇게 말했다. 하지만 그녀의 목소리는 파르르 떨렸고, 다리에는 검푸른 얼음 알갱이들이 맺히고 있었다. 몇 분을 더 견디지 못하고 상미누나는 자기 방으로 돌아가고 말았다. 오늘 참 즐거웠어요. 다음에 또 금비 보러 와도 되죠. 뭐 그런 말들을 남기며. 돌아가는 그녀의 뒷다리를 보자니 문득 시은이 생각이 났다. 시은의 다리가 상미누나보다 몇 배는 더 예뻤는데…… 나는 바이올린맨에게 물었다.

"여자들이 짧은 치마를 입고 남자를 찾아오는 건 무슨 이유에서죠?"

"글쎄다. 나도 잘 모르겠구나."

그는 콧잔등을 두어 번 문질렀다.

상미누나도 우격다짐이라면 누구 못지않은 편이었다. 한 번의 실패로 좌절할 사람은 결코 아니었다. 그녀는 거의 매일 바이올린맨의 방을 찾았다. 맛있는 콩나물무침을 들고서, 혹은 따끈따끈한 카레라이스를 받쳐 들고서. 워낙 착한 바이올린맨은 그녀의 출입을 막지 못했다. 그러나 번번이 난처해하는 기색이 역력했다. 정 곤란할 때면 없는 볼일을 만들어 바쁘게 달아나기도 했다. 그럴 때마다 상미누나는 삼촌과 마주 앉아 궁리를 했다. 어떤 방법으로 바이올린맨을 옭아맬 수 있을까. 그 모든 일들이 삼촌의 음모에 의한 것임을 나는 어렵지 않게 짐작할 수 있었다. 내가 아무런 도움이 되지 않는다는 사실을 인정한 삼촌은 상미누나와의 공모 쪽으로 방향을 바꾼 것이었다.

그러던 어느 날이었다. 크리스마스가 열흘도 남지 않은 무렵이었다. 상미누나와 윤주누나가 일일 휴가를 얻게 되었다. 원래 그녀들은 이 주일에 한 번씩 일을 쉬었다. 그러나 늘 엇갈리는 휴가였다. 그런데 이번에는 둘이 함께 집을 지키게 된 것이었다. 상미누나는 이런 기회를 그냥 날릴 수 없다며 이층 식구들의 단합 대회를 선언했다. 삼촌은 당연히 환영이었고, 바이올린맨도 반대하지 않았다. 윤주누나는 마지못해 따라나서기로 했다. 나는 그저 방구석이나 지키려니 생각했다. 삼촌이 데려갈 리 없기 때문이었다. 그러나 바이올린맨과 윤주누나의 적극적인 주장으로 나도 함께 끼어들 수 있었다.

저녁은 중국 요리집에서 먹었다. 생전 처음 보는 요리들이 여러 접시 차려졌다. 식사 후에는 단란주점으로 자리를 옮겼다. 어른들은 술을 마셨고, 나는 콜라를 마셨다. 바이올린맨은 내 콜라를 뺏어먹었다. 술을 못 마신다는 것이었다. 삼촌과 상미누나가 집요하게 권했지만 결국 그는 맥주 한 모금도 입에 대지 않았다. 상미누나는 겉옷을 벗고 무대로 나갔다. 가슴과 허리선이 고스란히 드러나는 티셔츠 차림이었다. 평소에 갈고 닦은 솜씨로 노래를 부르며 춤을 추었다. 이 테이블 저 테이블에서 박수 갈채가 터져나왔다. 휘파람을 부는 사람도 있었다. 삼촌은 그런 그녀를 흐뭇한 눈길로 지켜보았다. 그러나 바이올린맨은 무대 쪽은 쳐다보지도 않았다. 이따금 흘끔흘끔 윤주누나를 훔쳐볼 따름이었다.

단란주점을 나온 일행은 마지막 코스로 포장마차엘 들어갔다. 우동 국물로 속을 풀어야 한다는 삼촌의 주장 때문이었다. 나는 상미누나와 윤주누나 사이에 끼어 앉았다. 삼촌과 바이올린맨을 멀리 떨어뜨리고 윤주누나 곁에 바이올린맨을 앉히려는 생각에서였다. 그런데 삼촌은 재빨리 자리를 뒤섞더니 윤주누나 곁을 차지하고 말았다. 바이올린맨은 또 상미누나와 엉덩이를 붙이게 되었다. 삼촌은 다시 소주를 주문했고, 상미누나는 바이올린맨에게 술잔을 권했다. 권한 게 아니라 강요했다.

"딱 한 잔만요. 딱 한 잔만."

상미누나는 소주잔을 바이올린맨의 입술 틈으로 밀어넣었다. 도망갈 틈도 없이 끼어 앉은 상태에서 그 공세를 피하기란 불가능한 일이었다. 결국 소주는 그의 목구멍을 타고 넘어갔다. 그리고 잠시 후, 바이올린맨의 얼굴은 잘 익은 사과처럼 붉어졌다. 그는 히죽히죽 웃더니 졸리다며 눈을 비볐다. 그래서 그 자리도 파하고, 그날의 단합 대회는 막을 내리게 되었다. 잘은 모르지만 그날 세 번이나 자리를 옮기면서 주문했던 대부분의 음식값은 바이올린맨의 주머니에서 나왔을 것이었다.

집으로 돌아온 나는 곧 자리를 깔고 누웠다. 잠도 왔고, 다음날엔 또 학교에도 가야 했으니까. 그런데 이상하게도 잠이 들지 않았다. 포장마차에서는 마구 하품이 나왔는데. 그날의 여러 장면들이 스쳐가며 눈망울은 말똥말똥해지기만 했다. 특히 윤주누나와 바이올린맨이 번갈아 눈앞을 스쳐갔다. 늘 말없이 고개만 떨구고 있던 윤주누나, 그런 그녀를 흘끔흘끔 훔쳐보기만 하던 바이올린맨…… 그러다가 얼핏 잠이 들려고 했을까. 문밖에서 바이올린맨의 다급한 목소리가 들렸다.

"동우야! 동우 자니?"

영문도 모른 채 나는 깊고 어두운 잠의 심연을 거슬러 올라왔다. 안간힘을 쓰며. 그런데 나보다 먼저 대답하는 사람이 있었다. 바로 삼촌이었다.

"왜 그래요? 동운 벌써 잠들었는데?"

하지만 나는 잠들어 있을 수 없었다. 이렇게 늦은 시각에 바이올린맨이 나를 찾는다면 중요한 이유가 있을 게 아닌가. 나는 벌떡 일어나며 소리쳤다.

"아네요. 잠들지 않았어요."

그리고는 문을 박차고 나갔다. 삼촌이 깜짝 놀라 붙잡으려 했지만 한발 늦은 후였다. 나를 본 바이올린맨은 더없이 반가워했다.

"그게 말이다, 이상하구나. 금비가 아무래도, 아무래도…… 네가 보고 싶은 모양이야."

그는 나를 끌고 자기 방으로 갔다. 나는 고개를 갸웃거렸다. 대관절 무슨 소릴 하는 것일까. 금비가 이 깊은 밤중에 나를 보고 싶어하다니. 어디가 아프기라도 한 것일까. 하지만 바이올린맨의 방에서 나를 기다린 것은 금비가 아니었다. 바로 상미누나였다. 그녀는 바이올린맨의 이불 위에서 옷을 벗고 있었다. 천천히, 우아하게. 상의는 이미 모두 벗어서 봉긋한 젖가슴이 얼굴들을 내밀었고, 하의도 마지막 삼각 속옷 한 조각만을 남겨두고 있었다. 하얀 바탕에 핑크빛 꽃무늬가 수놓인 팬티였다. 나는 아직 잠이 덜 깬 눈으로 그녀를 쳐다보았다. 머엉. 그녀도 나를 보았다. 그리고 잠시 후, 깜짝 놀라 두 손으로 젖가슴을 가렸다.

"뭘 보니!"

나는 시선을 돌렸다. 바이올린맨은 아예 내 뒤에 숨다시피 하고 있었다. 상미누나는 옷가지를 집어 들고 나가버렸다. 그것으로 그날의 사건은 마침표를 찍었다. 참으로 길고 복잡하고 피곤한 하루였다. 바이올린맨은 내게 수없이 고맙다는 말을 되풀이했다. 내가 방을 나가자 문고리를 단단히 걸어 잠갔다.

진실

이튿날 상미누나는 아주 늦게 일어났다. 오후 2시가 넘어서야 부스스한 얼굴로 일어나 눈곱을 뗐다. 윤주누나는 식사를 준비하고 있었다. 구수한 김치콩나물국 냄새가 이층을 온통 메웠다. 전날 음주한 식구들을 위해서 해장국을 끓이는 것이었다. 나는 누나들의 방에서 만화책을 보고 있었는데, 상미누나가 조용히 불렀다.

"동우야."

나는 아마 혼을 내려는 모양이라고 생각했다. 전날 밤의 일 때문에. 그러나 그녀의 목소리는 어쩐지 힘이 없었다.
"내가 매력이 없어 보이니?"
"무슨 얘기예요?"
"너 보기에도 내가 그렇게 매력이 없냔 말이야."
"아녜요. 누난 예쁘고 멋있어요. 춤도 섹시하게 추잖아요."
열한 살 꼬마가 할 말은 아니었지만 나는 그렇게 말해주었다. 누나가 왜 힘들어하는지를 이해할 것 같아서였다.
"그런데 그 사람은 왜 그러지? 거들떠보지도 않으니 말이야. 이만하면 어디 내놔도 빠지는 몸매는 아닌데."
그녀는 거울에 자신의 모습을 비춰보았다. 얼굴, 머리카락, 가슴, 그리고 옆으로 돌아서서 불룩한 엉덩이까지. 그것은 틀린 말은 아니었다. 시은에 비교하면 조금 모자랐지만 적어도 평균적인 여자들의 몸매보다는 보기 좋은 편이었다. 나는 갑자기 측은한 마음이 들었다. 이날 이때까지 그녀는 몸매 하나만을 위해서 살아왔다. 틈만 나면 춤을 추고, 피부를 문질러대고, 거울 속으로 요모조모 뜯어보고. 그랬는데 바이올린맨에게 냉정하게 거절당했으니 그 슬픔이 오죽하였을까. 비록 삼촌과의 음모에 의한 접근이었다고는 하지만…… 나는 만화책을 덮었다.
"누나는 참 매력적이에요. 하지만 누나가 모르는 일이 하나 있어요."
"뭔데?"
상미누나는 눈이 동그래져서 물었다.
"사실은 말예요, 바이올린맨에게는, 좋아하는 사람이 따로 있어요."

"그래? 그게 누구지?"

"바로 윤주누나예요."

"뭐라고? 윤주?"

"그렇다니까요."

상미누나는 한동안 입을 다물지 못했다.

"윤주는?"

"잘 모르겠어요. 윤주누나도 싫지는 않은 모양인데, 그런데 자꾸 겁을 내는 것 같아요."

"겁은 왜?"

"그거야 저도 모르죠."

상미누나는 생각에 잠겼다. 무언가를 골똘히 생각하는 듯했다. 그런데 이상한 일이었다. 생각이 깊어질수록 그녀의 두 눈동자는 반짝반짝 광채를 발하는 것이었다. 안색도 밝아졌다. 남자에게 거절당했다고 서글퍼하던 그런 모습은 온데간데없었다.

점심 식사가 끝난 후 상미누나는 윤주누나를 붙들어 앉히고 무슨 얘기인가를 했다. 나는 문밖으로 쫓겨났기 때문에 정확한 내용은 알 수 없었다. 하지만 상미누나가 윤주누나를 설득하려 한다는 것은 알 수 있었다. 유난히 큰 그녀의 목소리가 중간중간 한 옥타브씩 치솟는 것이었다. 야 이 바보야, 내 말 알겠니? 아직도 모르겠니? 이런 기회가 또 언제 오겠어. 네가 언제 또 그런 사람을 만나겠어……

그녀들의 대화가 너무 길게 이어졌기 때문에 나는 추워졌다. 그래서 우리 방으로 돌아왔다. 그런데 잠시 후 상미누나가 건너왔다. 그녀는 삼촌을 일으켜 앉히고는 이렇게 말했다.

"바씨 일은 그만두겠어요. 모두 없었던 걸로 해요."

"왜? 갑자기 무슨 소리야?"
삼촌은 나를 한 번 보고 상미누나를 한 번 보았다.
"바씨가 윤주를 좋아하나 봐요."
"뭐라고?"
"윤주도 바씨를 좋아하는 눈치예요."
"그게 정말이야?"
삼촌은 기가 막힌다는 표정을 지었다.
"그렇다니까요. 그러니 이번 작전은 없었던 걸로 해요."
"아니, 아니 그러니까 두 사람이 서로 사랑하는 사이다, 그런 얘기야?"
"아직 그렇게까진 안 됐어요. 하지만 곧 무슨 일이 있겠죠."
"이것 봐. 그게 도대체 말이나 된다고 생각해? 빠씨하고 윤주하고, 그래 두 사람이 맺어질 수 있을 거라고 생각해?"
"안 될 것도 없죠 뭐. 아니, 되게 만들어야죠. 윤주는 저한테는 둘도 없는 친구예요. 세상에서 제일 소중한 친구예요. 그런 친구가 태어나서 처음으로 누군가를 마음에 두기 시작했는데, 도움은 못 줄망정 어떻게 훼방을 놓겠어요."
삼촌은 담배를 꺼내어 물고 불을 붙였다. 코와 입으로 동시에 짙은 연기를 뿜어냈다. 마치 왜군 함대와 마주 선 거북선처럼.
"무슨 얘긴진 알겠어. 하지만 그 빚은 어떡할 거야. 윤주는 너네 사장한테 사백만 원이나 빚을 졌잖아."
"그게 어디 윤주 잘못인가요. 엄마가 아프셔서 어쩔 수 없었던 거죠. 그런 사정만 아니었다면 애당초 술집 일을 할 친구도 아니었어요."
"이유야 어찌 됐건 현실이 그렇잖아. 그래 빠씨 그 친구가 그런 일을 알면, 그러고도 윤주를 좋아할 것 같아?"

상미누나는 고개를 저었다.

"몰라요. 그런 건 생각하고 싶지 않아요. 모 아니면 도겠죠. 어쨌든 난 이번 일에서 손을 떼겠어요. 그것만 아세요. 윤주는 내 친구예요."

그 말과 함께 상미누나는 자리에서 일어났다. 그리고 문을 열고 나가버렸다. 그 뒷모습을 쳐다보며 삼촌은 담배 연기만 뿜어대었다. 쩝쩝, 아쉬운 듯 입맛을 다시며. 그때 그 순간처럼 상미누나가 멋있어 보인 적도 없었다.

어두운 옥상의 비밀

저녁 무렵 나는 아래층으로 내려갔다. 시은이 혼자 앉아 가게를 지키고 있었다. 그 시각엔 언제나 그랬다. 그녀의 모친은 내실로 들어가 저녁 식사를 준비해야 했으니까. 나는 아무 말 없이 시은이 곁에 쪼그리고 앉았다. 내가 그녀를 찾아간 것은 그때가 처음이었다. 바이올린맨과 윤주누나 간에 시작되려는 모종의 사건들이 내게도 영감을 준 까닭이었다.

"요즘은 감자 안 찌니?"

내가 물었다.

"안 쪄."

시은은 퉁명스레 대답하고는 이렇게 덧붙였다.

"넌 감자보다 종이를 더 좋아하잖아. 메에에에, 염소같이."

"아니야. 솔직히 말하자면, 종인 정말 맛이 없었어."

"흥. 안됐구나."

"네 찐 감자가 그리웠어."

정말 큰 용기를 내어서 나는 그렇게 말했다. 그러자 시은은 천천히 고개를 돌렸다. 잔뜩 치켜 올라간 눈으로 나를 흘겨보았다. 하지만 나는 이미 그녀의 마음이 풀어지고 있음을 알 수 있었다. 그리고 잠시 후, 그녀가 물었다.

"고구마는 어떠니?"

"뭐든지 좋아. 네가 주는 거라면."

"생고구마밖에 없는데?"

"뭐든지 좋아."

시은은 진열해둔 야채들 속에서 생고구마 하나를 집어 들었다. 알이 통통하고 예쁘게 생긴 고구마였다. 야무진 솜씨로 껍질을 벗겨낸 다음 한 조각씩 잘라주었다. 나는 숨도 쉬지 않고 우적우적 씹어 먹었다. 어떤 최고급 케이크보다 달콤한 고구마였다. 내가 맛있다는 소리를 연발하자 시은이 주의를 주었다.

"조용히해. 엄마가 알면 혼나."

고구마 두 개를 다 먹어치운 다음 시은이 말했다.

"저녁 먹고 올라갈게. 좋은 곳을 가르쳐줄게."

"좋은 곳? 어딘데?"

"가보면 알아. 아주아주 좋은 곳이야."

한 시간 뒤 시은이 나를 찾아왔다. 그녀는 이층의 바깥쪽을 돌아가는 좁은 길로 나를 데려갔다. 자칫 잘못하면 아래로 떨어질 수도 있는 길이었다. 그러나 그녀를 따라 빗물받이통과 가스관을 잡고 걸으니 썩 위험하진 않았다. 그 길이 끝나는 곳에서 시은은 기다란 장대 하나를 집어 들었다. 허공으로 몇 번 장대를 내지르자 놀랍게도 쇠줄 사다리가 내려왔다. 사다리는 우리를 그 이층 건물의 옥상으로 인도했다. 나는 기쁨으로 숨이 막혔다. 아! 이런 곳에 이런 놀라운 세상이 숨어 있었구나.

옥상은 널찍하고 비교적 단순했다. 길가 쪽으로 작은 평상 하나가 놓여 있었고, 몇 개의 화분과 깨진 항아리 따위가 있었다. 사람이 자주 오르내리는 곳은 아닌 모양이었다. 시은은 평상을 손으로 쓱쓱 닦아 두 사람의 자리를 만들었다. 우리는 그곳에 앉아 거리를 내려다보았다. 띄엄띄엄 반짝이는 상점들의 불빛, 어깨를 옹송그린 채 오가는 사람들, 어슴푸레한 어둠…… 그리고 그 너머 높은 하늘로는 바람과 별도 보였다.

"뭔가 비밀스러운 생각을 하고 싶을 때면 난 이곳으로 올라와."

시은이 말했다.

"왜 그런지 아니?"

"글쎄."

"이 자리엔 언제나 어둠이라는 검은 외투가 드리워져 있기 때문이야. 봐. 여기선 세상이 잘 보여. 상점도 보이고 사람도 보이고 별도 보이고. 하지만 저곳의 사람들은 여길 볼 수가 없거든."

"그렇구나."

나는 고개를 끄덕였다. 그건 전적으로 맞는 말이었다. 말하자면 이곳은 비밀의 동굴 속과 같았다. 볼 수는 있지만 보이지는 않는 곳, 신비와 마술로 가려진 곳. 그 같은 비밀의 장소로 나를 데려와 준 그녀에게 나는 다시 한 번 감사했다.

"춥지 않니?"

시은이 물었다.

"아니."

물론 아주 춥지 않은 것은 아니었다. 그러나 그 순간의 신비로운 기쁨은 추위 따위와는 견줄 수도 없이 큰 것이었다. 시은이 다시 말했다.
　"넌 벌써 몇 번이나 나를 놀라게 했어."
　"놀라게 했다고? 내가 너를?"
　"그래. 제일 처음 놀란 게 언젠지 아니?"
　"몰라."
　"국어 시간에 네가 일어나서 책을 읽었을 때야. 그때까지 난 네가 벙어린 줄 알았거든. 그런데 참 잘도 읽었어."
　"피이."
　"두번짼 큰 방 아저씨가 이사 오던 날이었어."
　"바이올린맨?"
　"응. 그 아저씨가 바이올린을 켠다고 했지."
　"켜는 게 아니고 만드는 거야. 물론 가끔 켜기도 하지만."
　"그렇구나…… 어쨌든, 그날 넌 나를 두번째로 놀라게 했어."
　"왜?"
　시은은 잠시 생각에 잠겼다. 그러다가 피식 웃음을 터뜨렸다.
　"넌 꼭 바보 같았어. 아니?"
　"왜?"
　"기억 안 나? 네가 무슨 짓을 했는지?"
　"무슨 일을 했길래 그러는 거야?"
　"이삿짐 트럭 앞에서 멍하게 서 있었어. 오 분, 아니 십 분쯤? 그러다가는 갑자기 하늘을 올려다보며 빙글빙글 돌았잖아."
　"아, 그거……"
　나도 어렴풋이 기억이 났다.

"난 그때 나비떼를 보고 있었어."

"나비떼?"

"트럭 위에 바이올린 모양의 나무 조각들이 있었던 거 기억하니?"

"응."

"그 나무 조각들이 나비떼가 되어 하늘로 날아오른 거야. 아주 커다란 날개들을 휘저으면서. 그걸 보느라고 그랬던 거야."

"그랬구나. 내 눈엔 왜 그게 안 보였을까."

시은은 아쉬운 듯 입술을 샐쭉하게 만들었다.

다시 대화가 시작된 건 꽤 시간이 지나서였다. 이번엔 내가 먼저 말문을 열 차례였다.

"그날은 미안했어."

"언제?"

"그날 말이야."

나는 자세한 설명은 할 수 없었다. 그러자 그녀가 알았다는 듯 배시시 웃었다.

"아냐. 내가 너무 짓궂었어. 그런데……"

"그런데 뭐?"

"내 다리가 그렇게 못생겼니?"

"아니야. 그런 게 아니야. 오히려 정반대지."

"정반대가 뭔데?"

"정반대가 정반대지."

"그래서, 그게 무슨 뜻이냐구."

"그러니까 그건, 너무 예쁘다는 뜻이지."

내 말은 점점 기어들어갔다. 하지만 그것만으로도 시은을 기쁘게 해주기에는 충분했다. 그녀는 함박웃음을 머금으며 나를 돌아보았다.
"정말?"
"그렇다니까."
"그럼 눈을 감아봐."
"왜?"
"글쎄 감아봐. 내가 선물을 줄게."

나는 두 눈을 감았다. 십 초가 지났을까. 무언가가 내 볼에 와 닿는 것이 느껴졌다. 조심스럽게. 따뜻하고 부드럽고 촉촉한 무엇이었다. 그건 바로 시은의 입술이었다. 어둠 속에서도 내 얼굴은 홍당무처럼 붉어졌다. 그리고 그때 나는 믿을 수 없는 생각을 하고 있었다. 정말정말 믿을 수 없는 생각. 그 순간이 제발 현실이었으면 하는 것이었다. 꿈이 아니라 현실이었으면. 영원히 깨어나지 않을 현실이었으면. 제발…… 그건 참으로 놀라운 바람이었다.

〔『문학생산』 2002년 여름호〕

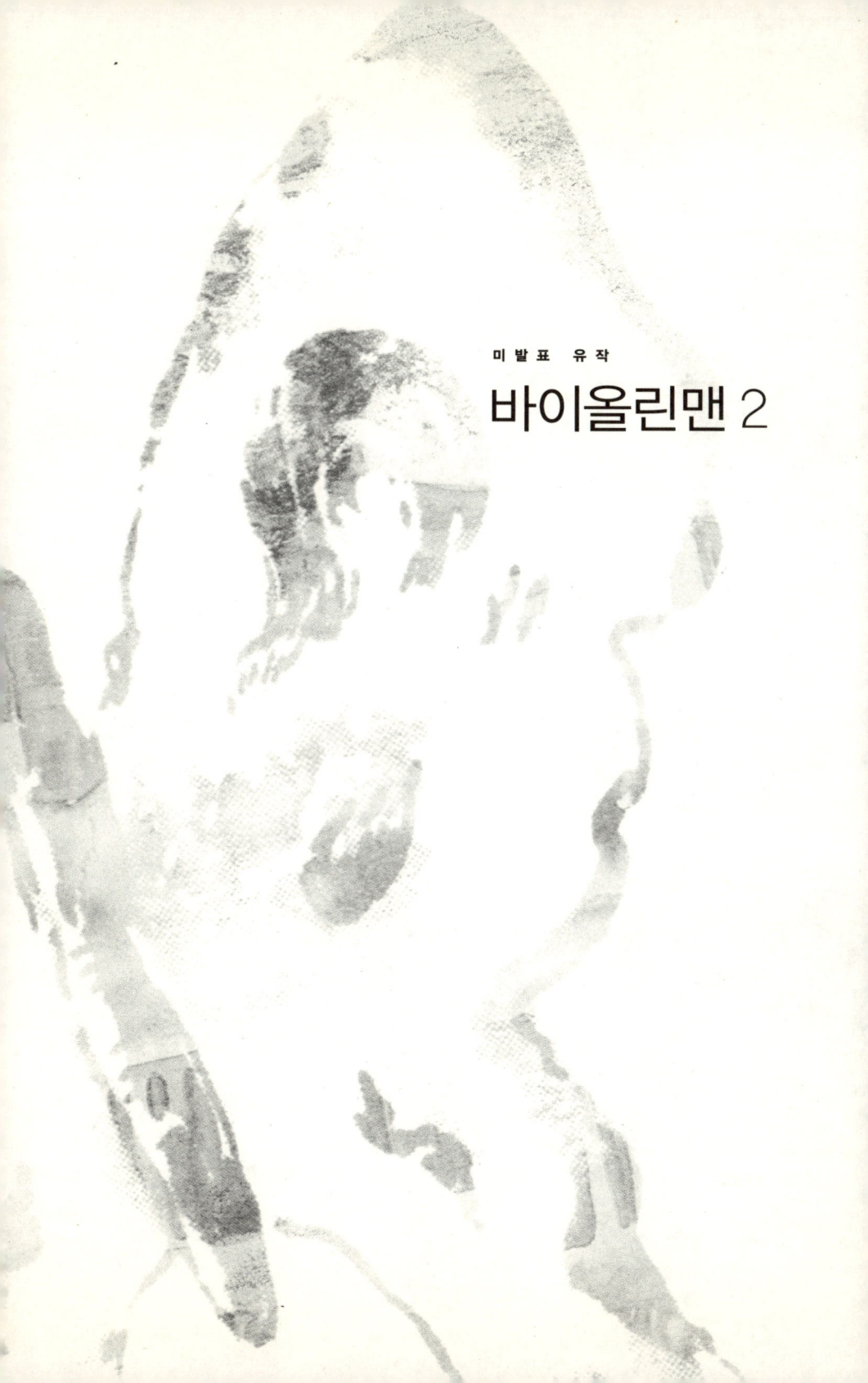

미발표 유작
바이올린맨 2

크리스마스 선물

　겨울 방학이 시작되었다. 며칠 후엔 크리스마스 날이었다. 크리스마스라는 날에 대해서 나는 바라는 게 아무것도 없었다. 특별한 느낌도 없었고, 특별히 무언가를 해야 할 것 같지도 않았다. 전날 밤 머리맡에 양말을 걸어두는 일 따위는 상상도 하지 않았다. 그런데 사람들은 나를 놀라게 했다. 내게도 선물들이 배달된 것이었다.
　제일 먼저 선물을 안긴 사람은 윤주누나였다. 두툼한 은박지 포장 속에는 그녀가 한 달 전부터 뜨개질한 털스웨터가 들어 있었다. 이미 기대하고 있었던 선물이었지만 기쁘기는 마찬가지였다. 나는 얼른 그 스웨터 속으로 들어가 내 여신의 따뜻한 손길을 만끽했다. 두번째 선물은 바이올린맨에게서 왔다. 그가 준비한 것은 커다란 스케치북과 크레파스 한 세트였다. 크레파스는 무려 마흔여덟 가지 색상으로 이루어진 최고급품이었다. 맙소사! 그는 내가 그림그리기를 좋아한다는 사실을 잘 알고 있었다. 아마 그래서 나를 격려하고 싶었던 모양이었다.
　"나중에 유명한 화가가 되어도 아저씰 기억하겠지?"

"물론이죠."

나는 너무 기뻐서 크레파스를 몇 번이고 쓰다듬었다. 그런데 바이올린맨은 또 한 사람을 위해서 또 한 가지 선물을 준비한 터였다. 그는 아주 작은 선물 상자 하나를 내 손에 쥐여주며 이렇게 말했다.

"이건 비밀인데, 윤주씨한테 좀 전해주겠니?"

선물을 전해 받은 윤주누나는 두 볼을 잘 익은 홍시처럼 물들였다. 포장을 뜯어보고는 눈물을 글썽였다. 나는 바이올린맨에게 감사했다. 나의 여신에게 저렇듯 감동적인 눈물을 선사한 사람이 일찍이 있었을까. 그 선물은 다름아닌 카세트테이프였다. 윤주누나가 그의 방문 앞에서 숨죽이고 들었던 바이올린 음악「사랑의 인사」였다. 그녀는 테이프를 카세트에 집어넣고 잇달아 세 번을 들었다. 그리고는 내게 말했다.

"어떡하지. 난 아무것도 준비하지 못했는데. 나도 뭔가를 선물해야 하지 않겠니?"

"누난 뜨개질이 최고잖아요. 털목도리를 뜨는 건 어때요? 털장갑을 뜨든지. 아니, 두 가지를 세트로 만드는 게 좋겠네요."

"그래. 이왕 하려면 세트로 만들어야지. 하지만 그건 시간이 많이 걸리는데. 지금 당장 선물할 게 없잖아."

윤주누나는 고민을 거듭했다. 나도 더불어 고민했다. 그리고 우리가 내린 결론은 맛있는 음식을 만들자는 것이었다. 마침 그때 집에는 우리 세 사람밖에 없었다. 삼촌과 상미누나는 영화를 보러 나간 터였다. 그러니 맛있는 음식을 만들어서 함께 먹는다면 더 이상 훌륭한 선물은 없으리라. 그래서 우리가 선택한 메뉴는 햄소시지샐러드였다. 결론이 내려지자 윤주누나는 바쁘게 움직였다. 아래층 시은의 야채 가게로 내려가서 싱싱한 야채를 듬뿍 샀다. 햄과 소시지도 넉넉하게 사왔다. 그리고는 분주하게 도마질을 해대기 시작했다.

그럴 즈음 시은이 올라왔다. 그녀는 나를 위한 세번째 크리스마스 선물을 가져왔다. 감자와 머리핀으로 그녀가 직접 만든 인형이었다. 눈사람을 닮기도 했지만 팔과 다리가 있었고, 어쩐지 어수룩해 보였다. 누군가 호통을 치면 뒤도 안 돌아보고 달아나버릴 것만 같은 모습이었다. 내가 미소만 머금은 채 아무 말도 없이 바라보자 시은은 또 샐쭉해졌다.

"흥. 싫음 관둬."

그녀는 인형을 낚아채려 했다. 나는 얼른 가슴에 품었다.

"아니야. 너무 예뻐서 그래."

내게는 시은에게 줄 선물이 없었다. 그러나 다행히 바이올린맨이 선물한 스케치북과 크레파스가 있었다. 나는 다시 정식으로 그녀의 초상화를 그려주기로 했다. 종이 한 장에 연필로가 아니라 커다란 스케치북에 마흔여덟 가지 색상의 최고급 크레파스를 사용해서. 게다가 이번에는 문제의 소지가 없었다. 시은은 짧은 치마가 아니라 발목까지 단단히 내려온 바지를 입은 까닭이었다. 그 즈음 그녀는 나를 찾아올 때 치마를 입는 법이 없었다.

그림은 제법 그럴듯하게 그려졌다. 내 솜씨보다도 더 좋은 그림이 되고 있었다. 모든 조건이 완벽했기 때문이었다. 모델이 워낙 예뻤고, 재료도 훌륭했고, 더구나 문밖 주방에서는 윤주누나가 맛있는 햄소시지샐러드 요리를 하고 있었으니까. 중간에 한두 번 그림을 보고 간 시은도 만족스러운 표정이었다. 그런데 그 어느 즈음엔가 주방 쪽에서 이상한 소리가 들려왔다.

호르르르 호르르르……
그 소리를 먼저 알아차린 건 시은이었다.
"잠깐만. 이게 무슨 소리지?"
나도 손을 멈추고 귀를 기울였다. 처음엔 무언가가 끓는 소리처럼 들렸다. 그러나 그런 게 아니었다. 그건 윤주누나의 흐느낌이었다. 아주 가늘게 숨죽여서 울먹이는 소리였다. 시은과 내가 멀뚱멀뚱 서로를 쳐다보는 사이 그 소리는 사라졌다. 윤주누나가 자기 방으로 들어가버린 까닭이었다. 도무지 영문을 알 수 없는 노릇이었다. 즐거운 성탄절날, 예쁜 선물을 받고, 좋아하는 사람들을 위해서 맛있는 음식을 요리하다가 그렇게 눈물을 터뜨리다니……
내가 누나네 방으로 들어갔을 때 윤주누나는 아예 이불을 뒤집어쓰고 울고 있었다. 그건 정말이지 처음 있는 일이었다. 생각도 할 수 없었던 일이었다. 언제나 침착하고 야무지고 단단해 보이기만 하던 나의 여신이 그처럼 슬프게 울 수도 있었다니. 나는 그녀의 무릎을 흔들었다.
"왜 그래 누나. 요리가 힘들어……? 그럼 햄소시지샐러드 말고 다른 걸로 하지 뭐."
내 말에 그녀는 더욱더 목 놓아 서럽게 울었다.
그리고 한참 후 나는 이불 더미 밖으로 이런 말이 삐져나오는 것을 들었다.
"내가 왜 이러는지 모르겠어…… 선물을 받고 이렇게 기뻐하고, 또 무슨 선물을 줄까 생각하며 즐거워하고…… 난 이런 일을 해서는 안 돼…… 난 어느 누구도 좋아할 수 있는 처지가 아니야……"
그녀의 고충이 무엇인지 나도 조금은 이해할 것 같았다.
슥삭슥삭.

바이올린맨은 여전히 사포질에 여념이 없었다. 늘 같은 일을 반복한다는 것은 사람을 즐겁고 평화롭게 만드는 모양이었다. 나는 노크도 없이 그의 방으로 들어가서 심각하게 말했다.
"남자 대 남자로서 물어볼 게 있어요."
"호 그래? 말해보렴."
그는 사포질을 멈추었다.
"아저씨는 가난한 여자에 대해서 어떻게 생각하세요? 가난하지만 착하고 아름다운 여자에 대해서 말예요."
"착하고 아름답지만 가난하다고? 도대체 얼마나 가난한 거지?"
"그게 중요한 문젠가요?"
"글쎄다. 그냥 가난하다고 말하는 건 너무 막연하지 않니?"
나는 좀더 인내심을 갖기로 했다.
"빚이 있대요. 사백만 원쯤. 하지만 어쩔 수 없는 빚이었대요. 어머니가 아프셔서 병원비로 필요했다니까요."
"윤주씨 얘길 하는 거구나."
"알고 있었어요?"
"엊그저께 네 삼촌한테 들었다."
"삼촌한테요? 삼촌이 또 무슨 얘길 하던가요?"
"윤주씨는 빚이 많으니까 단념하고 다른 여잘 찾아보라더구나. 이를테면 상미씨라든가. 건강하고 쾌활하고 빚도 없으니까."
"그런 얘길 했어요……? 그래 아저씬 뭐랬어요?"
"뭐라고 했을 것 같으니?"
"모르겠어요."
나는 답답하기 그지없었다. 그러자 바이올린맨은 빙그레 웃었다.
"나도 모르겠다고 대답했다. 그렇지만 크리스마스가 가까워지니까 어느새 윤주씨 선물을 고르고 있더구나. 이제 대답이 되었니?"
"너무 애매해요."
"애매하지 않아. 그건 내가 윤주씨를 좋아한다는 얘기란다. 하지만……"
"하지만 뭐요?"
"윤주씨가 어떻게 생각할지 모르겠구나. 나도 별로 부자가 아니고, 더구나 한쪽 다리도 성하지 못하니 말이다."
나는 비로소 얼굴을 활짝 폈다.
"그건 걱정할 게 없어요. 제가 분명히 아는 건데, 윤주누나도 아저씰 좋아해요. 아저씨 선물을 전해줬더니 눈물까지 글썽였다구요."
"그랬니. 다행이구나."
바이올린맨도 환한 표정을 지었다.
"그렇지만 지금은 사정이 달라졌어요. 누난 지금 자기 방에서 울고 있어요."
"왜?"
나는 그에게 사정을 설명했다. 선물을 받고 윤주누나가 고민을 시작했던 일, 털장갑을 짤까 목도리를 짤까, 두 가지를 모두 짜야지, 그렇지만 당장은 선물할 게 없는데, 그러다가 햄소시지샐러드를 만들기 시작했다는 일 등등. 하지만 샐러드를 만들다가 문득 방으로 들어가 울기 시작했다. 아마 누나는 자기가 너무 가난해서 누구도 사랑할 수 없다는 사실을 슬퍼하는 것 같다. 그러자 바이올린맨은 난감해서 어쩔 줄 몰라했다. 그럼 안 되는데. 그럴 필요가 없는데. 돈이야 벌어서 갚으면 되지. 아직 우린 젊으니까. 그런 일로 너무 속상해하면 안 되는데…… 그는 내게 어떡해야 하느냐고 물었다. 나라고 뾰족한 방법을 알 리 없었다. 그때 한 가지 생각이 떠올랐다.
"어떡해야 할지 알 만한 사람이 있어요. 잠깐만 기다리세요."
나는 시은을 데려왔다. 사정 얘기를 들은 시은은 단호하게 잘라 말했다.
"아저씨가 언니 방으로 들어가야 해요. 지금 당장."
"들어가서?"
바이올린맨이 다시 어정쩡히 묻자 시은이 대답했다.
"그건 들어가보면 자연히 알게 될 거예요."
그래서 바이올린맨은 윤주누나의 방으로 들어갔다.
나는 그 방 앞에서 기다리고 싶었다. 과연 어떤 일이 벌어질지도 궁금했고. 그렇지만 시은은 내 팔을 잡아끌었다. 그림을 마저 그려달라는 것이었다. 내가 잠깐만 있어보자고 했더니 그녀는 발끈 화를 냈다. 또 그리다 말고 그만두려는 것이냐고. 나는 할 말이 없어서 그녀를 따라 들어갔다. 그리고는 그녀의 초상화를 계속 그렸다.
그림이 끝날 때까지 바이올린맨은 밖으로 나오지 않았다. 삼십 분이 넘게 걸렸으니까 아마도 얘기가 잘된 모양이었다. 나는 무척 기뻤다. 두 사람이 잘된 것도 기뻤고, 그림이 잘 마무리된 것도 기뻤다. 시은도 자신의 초상화를 들여다보며 마냥 기뻐했다. 내가 스케치북을 찢어주려 했더니 그녀는 두 손을 내저었다.
"아니야. 찢지 말고 그냥 둬."
"무슨 소리야? 초상화를 갖고 싶다고 했잖아?"
"내가 언제 갖고 싶다고 했니. 그려달라고 했지. 네가 잘 보관하고 있어. 그림이 보고 싶으면 언제든지 올라올 테니까."
그리고 시은은 이런 말을 덧붙였다.

"만약에 말이야, 내가 보고 싶을 때면, 그 그림을 열어봐도 좋아."

그녀는 볼이 약간 붉어져서는 달아나버렸다. 엉망진창으로 뒤범벅된 연말이었지만 크리스마스만큼은 좋은 일이 많았던 하루였다.

예감

이어지는 며칠 동안도 우리집에서는 좋은 일들이 있었다. 특별히 좋은 일이 있었다기보다 기분좋은 분위기가 지속되었다. 그리고 그 중심에는 구수한 냄새가 있었다. 매일매일 정오 무렵이면 윤주누나가 주방을 향기로 가득 채우는 것이었다. 보글보글 끓는 된장찌개 향기, 마가린을 듬뿍 넣은 볶음밥 향기, 또 어떤 날엔 매콤하고 유혹적인 제육볶음 향기까지. 그런 향기들이 집 안을 진동할 적이면 삼촌은 코를 벌름거렸다.

"쳇, 어떤 놈은 좋겠다. 저런 우라질 정성까지 다 받아보니."

그러면서 괜히 내 뒷머리를 쥐어박거나 옆구리를 걷어차곤 했다. 그래도 그건 별로 아프진 않았다. 삼촌이나 나 그 우라질 향기의 수혜자가 된다는 사실을 잘 알고 있었으니까. 그리고 나는 걷어차인 데 대한 앙갚음으로 고양이를 찾아 헤매지도 않았다. 금비를 생각하면 그런 마음은 눈 녹듯 사라져버리는 까닭이었다.

"우리, 금비 보러 갈까?"

한가로운 오후 뜨개질을 하다 말고 윤주누나는 그렇게 나를 부추기곤 했다. 내게는 거절할 이유가 없었다. 그녀가 뭘 원하는지를 잘 알고 있었으니까. 그녀는 바이올린맨을 보고 싶은 것이었다. 금비를 보러 가자는 건 핑계였고, 나를 끌어들이는 건 괜히 혼자 가기가 겸연쩍어서였다. 때로는 내가 먼저 그녀를 들쑤시기도 했다. 윤주누나, 우리 금비나 보러 갈까.

바이올린맨은 언제나 우리를 칙사 대접했다. 아니 오히려 가족처럼 대했다는 편이 적절할 것이었다. 먹을 만한 건 뭐든지 내놨고, 하고 싶은 건 뭐든지 하게 했다. 윤주누나를 위해서 좋은 음악을 골라주기도 했고, 가끔은 직접 바이올린 연주도 했다. 변함없는 윤주누나의 애청곡은 「사랑의 인사」였다. 그들이 그런저런 일에 바쁠 동안 나는 금비의 목덜미나 간질이곤 했다. 금비는 내게 비교적 관대했다. 맨 처음 자기를 품에 안고 그 집까지 데려온 사람이 바로 나라는 사실을 기억하는 모양이었다.

두 사람은 아주 빨리 가까워졌다. 시간의 흐름보다 두 배는 빠를 성싶었다. 그럴수록 내가 차지하는 자리는 줄어들었다. 두 주일이 지나지 않아서 나는 거의 불필요한 존재가 되었다. 윤주누나는 나를 부르지 않고서도 마음대로 바이올린맨의 방을 드나들게 되었으니까. 그녀는 또 내가 앉곤 했던 노랑색 자전거의 뒷자리를 점령하고는 세상에서 제일 맛있는 빵을 사러 가기도 했으니까. 하지만 내게 불만 따위는 없었다. 불만이라니, 천만의 말씀이었다. 우선 나는 처음부터 그들이 잘되기를 바랐던 사람이었다. 게다가 나 역시 한가로운 형편은 아니었다. 내게도 매일매일 상대해야 할 사람이 있었으니 그건 바로 시은이었다. 겨울 방학이 시작된 이후로 그녀는 매일처럼 나를 만나러 올라왔다. 나와 함께 방학 숙제를 하거나 그림을 그렸다. 그녀는 욕심이 많은 편이어서 무엇이든 내게 지지 않으려 했다. 국어도 산수도 무엇도. 그림그리기도 마찬가지였다. 그녀는 내가 그리는 것을 유심히 지켜보고는 그대로 따라 그려보곤 했다. 머지않아서 나보다 뛰어난 화가가 될 것 같았다. 심지어 그녀는 빵이 배달되어도 손을 씻지 않았다. 두 손을 크레파스로 물들인 채 입만 벙긋벙긋 벌렸다. 내게 먹여달라는 것이었다. 귀여운 아기 새의 입 속으로 나는 빵 조각을 넣어주지 않을 도리가 없었다. 그렇게 바빴으니 감히 바이올린맨과 윤주누나의 관계를 질투할 겨를이 없었던 것이다.

그렇지만 그건 무슨 까닭이었을까. 그처럼 분주한 중에서도 문득문득 불길한 예감이 스쳐가곤 했던 건. 과연 얼마 동안이나 지속될 수 있을까. 이런 평화와 안온함이. 또 어딘가에서 누군가가 우리를 향해 차가운 총구를 겨냥하고 있는 건 아닐까. 탕 탕, 방아쇠를 당길 최고의 순간을 가늠하며……

악몽

예감은 아주 빨리 현실로 다가왔다. 어쩌면 그건 처음부터 예감이 아니라 기다림이었을지도 몰랐다. 그런 일들이 벌어지리라는 것을 나는 잘 알고 있었기 때문이었다.

어느 추운 날 오후, 여느 날처럼 시은을 기다리고 있었을 때, 남자 아이 세 명이 나를 찾아왔다. 원뿔 형태와 그 일당이었다. 그들은 나를 집 뒤의 야산으로 끌고 갔다. 두 달 전 내가 학교를 가지 않았을 때 올라가서 시간을 보냈던 장소였다. 나뭇가지를 발로 차며 추위를 녹였던 곳. 그들은 바로 그 나무 밑에 나를 세웠다. 새끼줄로 꽁꽁 묶어 움직일 수 없게 만들고는 주위를 빙글빙글 돌았다.

"너 요즘 재미 좋다며?"

형태가 말했다. 그리고는 뺨을 한 대 때렸다.
"말해봐 임마, 재미 좋다며?"
내가 대꾸하지 않자 그는 또 뺨을 때렸다.
그렇게 오락가락 빙글빙글 돌며 그는 자꾸 때렸다. 뺨을 때리고, 배를 쿡쿡 지르고, 정강이를 걷어차고, 가끔은 코도 쥐어뜯고. 다행히 그의 손이 맵지 않아 몇 차례는 참을 수 있었다.
형태는 싸움을 잘하는 아이가 아니었다. 덩치는 컸지만 눈에는 늘 비겁함이 끼어 있었다. 그런 아이는 코피만 보여도 눈물을 쏟으며 달아날 축이었다. 그런데도 그가 골목대장 노릇을 하는 것은 사촌형 한태 덕분이었다. 그보다 십여 살이 위인 한태는 그 동네에서 알아주는 주먹이었다. 불미스런 일이라면 대소사를 막론하고 끼어 있는 인물이었다. 상미누나와 윤주누나를 형태네에 세 들어 살게 한 것도 그라고 했다. 그녀들이 일하는 술집에도 관여하는 모양이었다. 그는 또 갑수삼촌과도 자주 어울렸다. 두 사람은 허구한 날 어울려서 군시렁군시렁 어두운 얘기를 주고받곤 했다. 삼촌은 늘 음모를 꾸몄고, 한태는 늘 그 음모를 주먹으로 옮겨서 돈을 만드는 것이었다. 그런 형편이었으니 그 동네에서 감히 형태에게 시비를 거는 아이는 없었던 것이다.
"대답해봐 임마, 너 또 시은이랑 놀 거야?"
형태는 자꾸 무슨 말인가를 던지며 때렸고, 나는 입을 굳게 다문 채 얻어맞았다. 맞고 또 맞고…… 슈퍼맨이 되어서 놈을 납작하게 두들겨 패주고 싶었다. 그러나 나는 새끼줄을 끊을 힘도 없었다. 나중에는 버티고 서 있을 힘도 없어졌다. 뺨과 배를 너무 많이 맞았더니 어지럽기까지 했다. 욱, 우욱. 결국 나는 속에 있던 걸 모조리 게워올렸다. 그랬더니 형태의 눈빛에 비겁함이 돌아왔다. 그는 당황해서 아이들에게 말했다.

"야, 이 자식 어떻게 되는 거 아냐? 이거 빨리 풀어줘."

새끼줄이 풀어지고 나는 그 자리에 주저앉았다. 다행히 어지럼증은 조금씩 가라앉았다. 그러자 형태가 다시 말했다.

"똑똑히 들어. 시은이랑 놀면 또 이렇게 만들 거야…… 그리고 이거."

그는 무언가를 내 앞에 툭 던졌다. 몇 줄의 글씨가 적힌 종이 쪽지였다.

"이거 똑같이 육십 장을 써. 그리고 며칠 뒤 비상 소집일에 우리 반 아이들 모두에게 돌려. 내 말대로 안 하면, 그땐 정말 반 죽여놓을 거야."

그들이 떠난 뒤에도 나는 한참을 더 그 자리에 앉아 있었다. 뼛속까지 찬바람이 파고들어와 어서 집으로 돌아가고 싶었지만 움직일 수가 없었다. 해가 떨어지고 겨우 몸을 일으켜 세울 수 있게 되었을 때 나는 그 종이 쪽지를 집어 들었다. 쪽지에는 삐뚤빼뚤한 글씨로 이렇게 적혀 있었다.

청첩장

박형태와 정시은이 결혼한다.
장소: 학교 뒷산 공터
일시: 2월 13일(형태 생일) 오후 5시
축하하러 안 오는 놈 가만 안 둔다.

이월 십삼일이라면 한 달이 조금 못 남은 터였다.

나는 쪽지를 찢어서 구토물 속에 던져버렸다.
 집에는 아무도 없었다. 이미 모두들 일을 나간 후였다. 나는 방 한쪽 구석에 웅크리고 누워 끙끙 앓기 시작했다. 어지럼증이 오락가락했고, 잠도 오락가락했다. 추위와 통증이 떠나지 않았다. 웃기는 건 그런 와중에도 배가 고프다는 사실이었다. 중간에 시은이 들어와서 보고는 놀랐다. 무슨 일이야, 어떻게 된 거야, 어디 아프니? 또 삼촌한테 맞았니……? 나는 아무 말도 못 했다. 자는 척만 했다. 실제로도 곧 잠에 떨어졌다. 다행히 그녀가 이불을 덮어줘서 몸은 조금씩 따뜻해졌다. 그러자 진짜 잠이 들었고, 무수한 개꿈들이 난동을 부렸다. 신체의 각 부위들이 모두 따로따로 꿈을 꾼다는 사실을 그때 나는 처음 알았다. 머리 목 어깨 배꼽 손가락 정강이 등등에서 모두 서로 다른 꿈들이 진행되는 것이었다. 목덜미에서 뱀떼에 몰려 비명을 지르는 꿈을 꾸는가 하면 배꼽에서는 거미들이 기어다녔다. 깜짝 놀라 털어내려고 보니 손가락들이 하나같이 물에 불은 신문지가 되어 있었다. 털어도 털어도 거미들은 털려나가지 않고 손가락들만 짓뭉개졌다. 그러자 두 개의 정강이는 슈퍼맨의 날개를 찾아야 한다며 씩씩거렸다. 그 말도 안 되는 악몽들은 신체의 각 부위를 돌고 또 돌며 변주를 계속했다.
 한 무리의 개떼를 만난 것은 왼쪽 엄지발가락 부근이었다. 밤이 깊은 시각이었는데도 개들은 시끄럽게 짖어댔다. 암캐도 있었고 수캐도 있었고 늙은 개도 있었다. 그 중에서도 수캐 한 마리가 유난히 큰 소리로 떠들었다. 너무 시끄러워서 나는 그곳을 떠나려고 했다. 그러나 아무리 몸부림을 쳐도 벗어날 수가 없었다. 한참이 지나서야 그 소리는 꿈이 아닌 현실의 울림이라는 사실을 깨달았다. 맙소사, 이렇게 늦은 밤에 누가 이런 난리를 쳐대는 것이었을까. 악몽과 현실의 경계선에서 나는 눈꺼풀을 비비며 투덜거렸다.

소란은 우리집 옆 골목에서 벌어지고 있었다. 이층으로 올라오는 계단 바로 아래였다. 이층 문을 빠끔히 열고 내려다보니 세 사람의 그림자가 보였다. 윤주누나와 바이올린맨, 그리고 어느 낯선 남자 한 명이었다. 남자는 술에 취했는지 혀가 잔뜩 꼬부라져 있었다. 내 엄지발가락의 꿈 속에서 시끄러운 수캐 노릇을 했던 게 바로 그 사람인 듯했다.

"야, 이 자식아, 넌 도대체 뭐야? 니가 누군데 이 어르신의 사생활을 가로막고 이래라 저래라 하는 거야? 엉? 이런 버르장머리 없는 자식 같으니라구."

그는 큰 소리로 욕하며 바이올린맨을 밀쳤다. 그러자 어딘가에서 나이 든 여인네의 목소리가 울렸다. 조용히해요! 여기가 당신 집 안방인 줄 알아요? 바이올린맨은 사태를 수습하려고 진땀을 흘렸다. 그러나 남자는 도무지 협조하지 않았다. 여인네의 목소리에다 한바탕 욕지거리를 퍼붓고는 다시 바이올린맨에게 삿대질을 했다.

"내가 이년 데리고 나가려고 사장한테 얼마를 줬는지나 알아? 자그마치 이만 원을 줬어. 이백 원도 아니고 이천 원도 아니고 이만 원을 말이야. 내 말 알겠어? 이만 원이라구. 이만 원이라니까······."

남자는 이만 원을 족히 이십 번쯤은 되풀이했다. 손가락 두 개를 브이자 모양으로 흔들어대며. 바이올린맨이 지갑에서 만원짜리 두 장을 꺼내어서는 남자의 손에 쥐여주었다. 돈은 돌려드리겠다. 죄송하지만 그만 돌아가달라. 오늘은 윤주씨 컨디션이 좋지 않은 듯하니. 그러자 남자는 발끈 화를 내었다.

"내가 고작 이만 원 돌려받으려고 이러는 줄 알아?"
그리고는 두 장의 지폐를 허공에다 뿌렸다. 바이올린맨이 이만 원을 더 꺼내어 쥐여주었지만 마찬가지였다. 또다시 두 장의 만원 권 지폐가 허공을 날았다. 그러자 윤주누나가 나서서 바이올린맨을 야단쳤다. 도대체 제정신이에요? 술 취한 사람이 주정 좀 부린다고 돈을 그렇게 헤프게 버리면 어쩌자는 거예요. 그녀는 길바닥에 뿌린 지폐 네 장을 주워서는 바이올린맨의 주머니에 찔러넣었다. 그런데 그러는 와중에 문득 취한 남자가 눈을 반짝였다. 그는 손뼉을 치더니 바이올린맨을 손가락질했다.
"야, 너, 병신이지? 그렇지……? 다시 한 번 걸어봐. 똑바로 한 번 걸어보란 말이야…… 왜 못 걸어? 병신 맞지? 이런, 주제넘은 병신 같으니라고. 그래 감히 병신 주제에 여태껏 어르신을 붙잡았단 말이야……?"
남자는 산삼을 발견한 심마니처럼 기뻐했다. 바이올린맨은 주춤했고, 윤주누나는 더 이상 참지 못하고 남자에게 소리 질렀다.
"지금 댁의 꼴이 바로 병신이에요. 누구더러 함부로 그딴 소리 하는 거예요. 맘대로 해요. 여기서 밤새 술주정을 부리든지 쓰러져서 자다가 얼어 죽든지. 우린 그만 들어가요."
누나는 바이올린맨을 밀며 계단을 올라왔다. 바이올린맨도 어쩔 도리가 없었는지 누나에게 밀려 올라왔다. 나는 그만 내 방으로 돌아가려고 엉덩이를 일으켰다. 그때였다. 술에 취한 남자가 계단을 쫓아오르며 윤주누나의 다리를 붙잡았다. 미니스커트 아래로 드러난 맨다리를 움켜쥐더니 다시 스커트 자락을 잡아채었다. 누나는 비명을 지르며 손을 휘저었다. 반사적인 행동이었다. 그런데 그 손길에 남자의 얼굴이 맞았고, 남자는 중심을 잃었다.

"어, 어, 어……"

 그러더니 계단 옆 난간을 축으로 빙그르르 돌았다. 커다란 원을 그리며. 곡마단의 광대처럼 느리고 부드럽게. 그리고는 꽈당, 차가운 골목 바닥에 널브러졌다. 남자는 신음과 비명을 질러대기 시작했다. 아악, 사람 살려. 이것들이 사람 잡네. 거기 누구 없소…… 그건 참 우스꽝스러운 일이었다. 추락이라고는 하지만 그 높이는 채 일 미터도 되지 않았던 것이다. 그런 높이에서 원을 그리며 넘어졌다면 고작해야 찰과상 한두 개일 것이었다. 그러나 그의 비명은 사뭇 처절하게 높아졌다. 허둥지둥 계단을 내려간 바이올린맨은 남자를 들쳐 업었다. 택시에 태워서 병원이라도 데려가려는 모양이었다. 윤주누나는 내버려두라고 호통을 쳤고, 남자는 또 남자대로 소리를 질러대었다. 내려놔. 아악, 이 병신이 사람 잡네. 너 오늘 제대로 걸렸다, 아악…… 도무지 말도 안 되는 그 소란은 골목을 벗어난 뒤에도 한참을 이어지다가 잠잠해졌다. 나는 혼자서 히죽히죽 웃다가 방으로 돌아왔다.

 방바닥에 등을 붙이자마자 다시 악몽들이 찾아왔다. 허벅지로, 갈비뼈로, 옆구리 겨드랑이로. 꼬리를 물고 이어지는 악몽들 속에서 많은 것들이 재주를 넘었다. 술에 취한 개가, 개구락지가, 기다란 전신주가, 그리고 악취를 풍기는 쓰레기통이. 재주를 넘은 다음에는 한결같이 비명들을 질러대었다.

감자수프 속 그림자

어느 정도 정신을 차리고 악몽에서 벗어난 것은 이튿날 오후였다. 그 사이 몇 사람인가가 다녀간 것 같았다. 상미누나, 윤주누나, 시은이 등이. 배가 고파 주방으로 나가보니 약간의 밥과 된장찌개가 있었다. 그러나 정작 목구멍으로는 아무것도 넘어가지 않았다. 참 희한한 일이었다. 아랫배는 쓰릴 정도로 고팠지만 윗배는 아무것도 받아들이지 않았다. 동산처럼 부풀어올라서는 답답하고 더부룩할 뿐이었다. 아랫배와 윗배 간의 거리가 얼마나 된다고, 이렇게 서로를 적대시할 수 있단 말인가.

먹는 일을 포기한 다음 내가 찾아간 곳은 바로 계단 난간이었다. 지난밤 술 취한 남자가 재주를 넘었던. 눈을 비비고 다시 보아도 그 자리는 심하게 다칠 만한 곳이 아니었다. 놀이터에 세워진 유아용 미끄럼틀 정도일 뿐이었다. 다 큰 어른이 그런 곳에서 넘어졌다고 그렇듯 소리를 질러대다니…… 그런데 그건 과연 실제로 있었던 일일까. 아니면 온몸을 돌아다녔던 악몽들 중의 하나에 불과했을까. 생각을 거듭할수록 가물가물해졌다. 그 남자는 실제 인물이었을까. 이 세상에 정말 그런 남자가 있기나 한 것일까. 그는 무슨 옷을 입고 무슨 신발을 신고 있었던가……

남자의 실제성을 확인하기 위해 나는 직접 난간에서 재주를 넘어보기로 했다. 악몽 속에서와 똑같이 커다랗게, 느리고 부드럽게. 그건 쉬운 일은 아니었다. 남자에 비해서 내 몸집이 훨씬 작았기 때문이었다. 겨우 비슷하게 흉내를 내어 떨어졌는데 아픔은 느껴지지 않았다. 그저 가볍게 엉덩방아를 찧었을 뿐이었다. 통, 작은 북소리를 내며. 그렇다면 그건 역시 악몽에 불과했단 말인가. 엉덩이를 문지르며 그런 생각에 잠겨 있는데 누군가가 혀를 끌끌 거렸다.

"쯧쯧. 너 정말 어디 아픈 거니?"

시은이었다. 그녀는 어이없다는 눈길로 바라보았다. 두 손에는 쟁반이 들려 있었고, 그 위에는 양은 냄비 하나가 얹혀 있었다.

"올라가자. 감자수프 좀 끓였어."

"싫어."

나는 퉁명스럽게 대꾸했다.

"왜?"

"아무것도 먹고 싶지 않아."

그건 정말이었다. 나는 아무것도 목구멍으로 쑤셔넣고 싶지 않았다. 아랫배와 윗배가 전쟁을 계속하는 한은. 식은 밥과 된장찌개로 이미 충분히 고역을 치른 까닭이었다. 게다가 내 가슴속에서는 묘한 불쾌감이 고개를 들고 있었다. 쟤는 왜 자꾸 나를 챙기려고 신경 쓴담. 내가 얻어맞고 곤욕을 치르는 게 모두 자기 때문이란 걸 알기나 하는 걸까. 누가 누구랑 놀고 누가 누구랑 결혼을 하건 내가 신경 쓸 게 뭐야. 그래봤자 난 언제나 외톨이인데.

시은은 한숨을 내쉬었다. 그리고는 가만히 다가와서 내 팔을 붙잡았다.

"그러지 말고 조금만 먹어봐. 감자수프는 소화가 잘된대."

그녀는 나를 끌고 계단을 올라갔다. 서너 계단을 끌려 올라가자니 나는 더 화가 났다. 도대체 뭘 하자는 거람. 아무것도 먹고 싶지 않다고 분명히 얘기하지 않았어. 나는 붙들린 팔을 뿌리쳤다.

"싫다니까!"

그 순간 시은이 중심을 잃었다. 상체가 휘청 난간 쪽으로 기울었다. 깜짝 놀란 나는 그녀를 붙잡았다. 그러자 무언가가 그녀의 품을 빠져나갔다. 쨍그라라랑. 요란한 소리를 내며 떨어진 것은 바로 양은 냄비였다. 뚜껑은 이삼 미터를 더 굴러서 벽에 부딪혔다. 그라라라랑, 쨍. 감자수프는 사방으로 흩어졌고, 뜨거운 김이 피어올랐다. 노랗게 으깨어진 감자 조각 사이사이로 새빨간 당근 토막들도 보였다. 그건 생각보다 안타깝고 참담한 풍경이었다.

"싫다고 그랬잖아."

기어들어가는 목소리로 내가 웅얼거렸다. 시은은 아무 말 없이 나를 돌아보았다. 한겨울 유리창에 낀 성에처럼 차갑고 뿌연 눈길이었다. 나는 양은 냄비와 뚜껑을 주워들어 시은에게 건넸다. 다행히 냄비는 많이 상한 것 같지 않았다.

"그림 한 장 더 그려줄까?"

내가 물었다. 시은은 대꾸하지 않고 돌아섰다. 혼자 남은 나는 하릴없이 땅바닥을 내려다보았다. 감자수프가 지저분하게 식어가는 길바닥을. 저걸 말끔히 치워야 할 텐데 생각하며. 그런데 문득 어깨가 떨렸다. 오싹 소름도 끼쳤다. 불길한 예감이 일어났다. 끔찍한 일이 벌어질 것만 같은 예감이었다. 아니나 다를까, 감자수프 속에서 무언가가 움직이기 시작했다. 스멀스멀, 꿈틀꿈틀. 으깨어진 감자와 당근 조각들이 떨리는가 싶더니 한 사람의 그림자가 만들어졌다. 바로 지난밤의 남자였다. 그는 땅바닥을 짚으며 상체를 일으켰다. 으으으으, 괴이한 신음 소리를 내뱉었다. 그리고는 마치 누구라도 움켜잡으려는 듯 두 팔을 뻗었다. 윤주누나를 잡으려는 것이었을까. 아니면 바이올린맨을, 혹은 나를 움켜쥐려는 것이었을까. 주춤주춤 물러서다가 나는 계단을 뛰어올라 이층으로 달아났다.

방문객

　이층에서도 그러나 두려운 느낌은 계속되었다. 나를 위로해줄 만한 사람이 없는 것이었다. 상미누나는 큰댓자로 뻗어서 자고 있었고, 윤주누나는 어딘가로 나가고 없었다. 바이올린맨은 여느 때처럼 방을 지키고 있었다. 그러나 그를 방해하고 싶지는 않았다. 슥삭슥삭 규칙적인 사포질 소리가 새어나오는 것으로 보아 바이올린 제작일에 열심인 모양이었다.
　그런데 그건 과연 정말이었을까. 혹은 개꼬랑지 악몽에 불과했을까. 지난밤 골목길에서 있었던 일은. 만약 정말이었다면 남자는 어떻게 되었을까. 그렇게 엄살을 부리며 실려갔던 남자는. 설마하니 그새 죽어서 감자수프 속 악령이 된 것은 아닐 테지…… 큰 방 앞의 섬돌에 웅크리고 앉아서 나는 고민에 고민을 거듭했다. 그러다가 결국은 자리를 박차고 일어났다. 바이올린맨에게 직접 확인을 해야겠다고 마음먹은 것이었다. 그런데 그때 계단을 올라오는 발소리들이 들렸다. 두 사람의 흥분된 목소리도 들렸다. 바로 삼촌과 한태형이었다. 무슨 일일까. 나는 괜히 놀라서 보일러실로 몸을 숨겼다. 두 사람은 곧장 큰 방 앞으로 오더니 문짝을 두들겼다.
　쾅쾅쾅!
　바이올린맨이 문을 열고 안으로 들어오라고 했다. 하지만 한태형은 예의 바른 손님이 될 마음이 없었다. 그 자리에 버티고 서서 큰 소리로 물었다.
　"그래, 어떡할 작정이오?"
　"무슨 얘깁니까?"

바이올린맨이 되물었다.

"무슨 얘깁니까? 이 양반이 아주 시침을 떼려는구먼. 사람을 물고를 내고 사업에 엄청난 피해를 입혔으니 보상을 해야 할 것 아니오."

"사람을 물고를 내다니요?"

"이 양반이 점점. 지난밤에 사람을 때려서 계단에서 떨어뜨렸잖소. 그 사람이 벌써 십 년째 우리집 단골 손님이란 걸 알기나 하는 거요?"

"아, 그 말씀이셨군요."

바이올린맨은 그제야 말귀를 알아들은 모양이었다.

"하지만 그 사람은 병원에서 아무 이상이 없대서 귀가했는데요. 타박상 하나 없었거든요. 게다가 제가 때렸다는 건 억지입니다. 그저 혼자 중심을 잃고 넘어졌을 뿐입니다."

"거짓말도 분수껏 해야지. 멀쩡한 사람이 혼자 왜 중심을 잃고 넘어져요. 그리고 타박상 하나 없다던 사람이 전치 이 주일 진단서를 끊고 병원에 누워 있어요?"

한태형의 이야기는 점차 이상해지고 있었다. 목소리도 따라서 험악해졌다. 나로서는 충분히 짐작할 만한 상황이었다. 삼촌과 한태형이 한조가 되어서 떴다 하면 이런 일은 당연한 순서였던 것이다. 그러나 바이올린맨에게는 참 낯설고 난감한 사정일 것이었다. 전치 이 주일이라니. 병원에 누워 있다니. 지난밤 검사에서는 타박상 하나 없던 사람이.

한태형의 목소리는 점점 더 높아졌고, 바이올린맨의 반응은 소극적으로 변했다. 그는 어쩌면 남자가 내장 기관에 충격이라도 입은 것일까 짐작할지도 몰랐다. 그쯤에서 삼촌의 역할이 시작되었다. 한편으로는 한태형을 달래는 척하면서 바이올린맨에게 위자료를 요구하기 시작한 것이었다.

"한동네에 살고, 서로 아주 안 보고 지낼 사이들도 아닌데, 좋게 좋게 해결해야지. 빠씨가 적당히 배상을 해요. 그 사람한테도 그렇고, 주점 박사장한테도 그렇고. 박사장이 순해 보이지만 한번 화가 나면 걷잡을 수 없는 성격이라오. 지금도 아이들을 풀겠다는 걸 간신히 달래놓고 우리가 대신 왔거든. 단골 손님이 여급이랑 외박 나갔다가 그런 봉변을 당했다는 게 소문이라도 나봐. 누가 다시 그 주점엘 가려 하겠소. 안 그래요?"

바이올린맨의 안색을 살펴가며 삼촌은 적당한 금액을 찾았다. 그는 머릿속에서 부지런히 계산기를 두드리고 있을 것이었다. 최대한 얼마를 요구할 수 있을지. 얼마면 바이올린맨을 말끔히 털어낼 수 있을지. 사이사이 한태형은 벽을 치고 문짝을 걷어차곤 했다. 십여 분이 지나서 도출된 금액은 백만 원이었다. 남자에게 오십만 원, 주점의 박사장에게 오십만 원을 배상하라는 것이었다. 참으로 어처구니없는 일이었다. 코앞에서 현장을 지켜보았던 내게는 더더욱 그러했다. 바이올린맨은 오히려 그 남자에게 멱살을 잡혀 흔들린 죄밖에 없었다. 손가락 하나 건드린 일도 없었다. 그런데 거금 백만 원을 배상하라니. 무려 이천 그릇의 자장면을 사먹을 수 있는 돈을. 하지만 이야기는 거기서 끝나지 않았다. 한태형이 문득 또 다른 꼬리를 물어뜯기 시작한 것이었다.

"그런데 말이오, 당신이 도대체 뭔데 나서서 그런 행패를 부린 거요?"

"행패라니요?"

바이올린맨도 조금씩 화가 나는 모양이었다.

"거듭 말씀드리지만 그 사람은 제가 그런 게 아닙니다. 때리기는커녕 밀지도 않았습니다. 제풀에 중심을 잃고 넘어진 겁니다."
"또 어거지를 부리는구먼."
"자자, 그 얘긴 그만 하고, 배상금 얘기나 마무리지어요."
삼촌이 다시 나서서 교통 정리를 하려 했다. 그러나 한태형에게는 아직도 다른 계산이 있었다.
"난 이 작자가 왜 나서서 그런 짓을 했는지나 알고 싶은 거요."
"아 그걸 몰라서 물어? 빠씨랑 윤주씨랑은, 그러니까, 좋게 지내는 사이잖아."
삼촌은 은근슬쩍 정보를 흘렸다. 그러자 한태형이 두 눈을 크게 떴다.
"좋게 지내는 사이라니? 그게 무슨 소리죠?"
"그게 그거지 무슨 소린 무슨 소리야."
"그러니까 이 양반이 윤주 그년 기둥서방이라도 된다는 얘기요?"
"기둥서방이라니까 좀 그렇네."
"호오, 그게 그런 사연이 있었다 이거지."
한태형은 어깨를 으쓱거리고 목을 두어 번 좌우로 돌리더니 한쪽 다리를 덜덜 떨기 시작했다. 보일러실의 문틈으로는 그 모든 장면들이 환하게 내다보였다.
"이거 오늘 곱게 넘어가려 했더니 어렵겠구먼. 술집에 나오는 년이 기둥서방이 있고, 그 서방은 또 외박 나온 손님을 두들겨 패서 병신을 만들고. 아주 조직적인 사건이었구먼. 이거 이래 갖고서야 어디 물장사 하나 마음 놓고 해먹겠나."
"말씀이 지나치십니다."

바이올린맨의 목소리도 굳어졌다. 그러나 그럴수록 한태형에게는 쉬운 일이었다. 상대가 이미 그물망에 걸려들고 있기 때문이었다. 삼촌은 또 재빨리 역할을 추가했다. 어쩌면 그 모든 게 처음부터 계획된 일인지도 몰랐다.
"허어, 이거 내가 쓸데없는 말을 했나 보네. 빠씨랑 윤주씨랑이야 어제오늘 사이가 아니라 다들 아는 줄 알았지. 하지만 그 말을 듣고 보니 빠씨한테도 잘못이 크네그려. 술집 나가는 여자를 애인으로 뒀으면 그 정도야 눈감아줄 줄 알아야지. 안 그래?"
"내 참, 성질 같아서는 당장……"
한태형은 주먹을 불끈 쥐더니 자신의 손바닥을 때렸다. 그리고는 두 주먹 십여 개의 마디들을 하나하나 꺾었다. 후드득후드득, 우박이 양철 지붕 때리는 소리가 울렸다. 삼촌은 또 한태형을 달래는 시늉을 했다.
"이 사람 왜 이러나. 이 바닥에서 잔뼈가 굵었으면 이 정도 일이야 허구한 날 있는 거지. 어서 서로들 좋은 방법을 찾아보게나."
"그럼 말입니다, 내 참 기가 막혀서…… 이렇게 합시다."
한태형은 한참을 생각하더니 판결문을 선언했다.
"빠씨가 윤주를 데려가쇼."
"빠씨가 윤주씨를 데려가라고?"
삼촌이 되물었고, 한태형은 커다랗게 손뼉을 쳤다.
"그래요. 윤주를 데려가란 말입니다. 우리 박사장한테 진 빚만 갚고. 보아하니 없이 사는 사람도 아닌 것 같은데, 그래 애인을 술집에 내보내고 외박 나온 손님한테 행패나 부리고, 그래서야 어디 쓰겠소. 이웃사촌이라는 말도 있고 하니 내 특별히 봐드리는 거요."

"그게 정말인가? 아 그렇게만 해준다면야 누이 좋고 매부 좋은 일이 되겠지만."

"갑부형. 싸나이 박한태 어디 한 입으로 두 말 하는 것 보셨소."

"그런 일이야 없었지."

"그동안의 이자며 윤주 그것 교육시킨 거 생각하면 사백만 원이 아니라 팔백만 원을 받아도 모자라겠지만, 내 특별히 박사장한테 잘 얘기해서 원금만 받도록 하겠소. 이번 폭행 사건과 관계된 배상금도 그 남자 몫만 계산합시다. 그럼 전부 사백오십만 원이죠. 그 돈만 주고 윤주를 데려가란 말입니다."

"정말 살다 보니 별일도 다 보는구면. 장한태가 이렇게까지 손해 거래를 하는 건 처음 보는데?"

한태형은 한 자락 창을 뽑았고, 삼촌은 장단을 맞추며 추임새를 넣었다. 그야말로 북 치고 장구 치고였다. 바이올린맨은 갑작스런 진전에 갈피를 못 잡는 눈치였다. 무슨 일이 벌어지고 있는 것이었을까. 한태형이 다시 다그쳤다.

"어때요? 그렇게 하겠소, 안 하겠소?"

"글쎄요…… 그게, 나 혼자 결정할 문제는 아닌 것 같군요."

"그렇겠지. 윤주씨랑 먼저 상의해봐야 되겠지."

삼촌이 옆에서 거들었다.

"그렇지만 내 빠씨가 참고할 만한 얘기를 하자면 말이야, 윤주씨는 술집에서 일할 아가씨가 아니야. 그러기엔 너무 여리고 심성도 고와. 모친 일 때문에 어쩔 수 없이 몸을 판 거지. 내가 빠씨라면 상의할 것도 없이 밀어붙일 거야. 아 말이야 바른 말이지, 요즘 세상에 어디 가서 그런 아가씰 또 찾겠어."

"그렇죠. 그건 맞는 말씀입니다."

어리둥절한 와중에도 바이올린맨은 적극적인 동의를 표했다. 그러자 한태형이 속도를 붙였다.

"그럼 상의고 뭐고 할 것 없이 그렇게 정합시다. 나도 여러 사람 길게 고생하는 것 보고 싶지 않아요. 박사장한테 내 입장도 곤란하고 말이오."

"아무튼 얘길 해보겠습니다."

"돈은 언제까지 준비되겠소?"

"그건…… 두어 주일은 걸리겠지요. 하지만 먼저 윤주씨랑 상의하는 게 도리일 것 같습니다."

"상의, 상의, 제기랄. 무슨 남자가 그래요. 여자일이란 건 남자가 밀어붙여서 끌고 가는 거 아니오?"

"그래. 그 말이 맞지. 백번 천번 맞고말고."

삼촌의 말이었다.

"하지만 오늘은 이쯤에서 얘길 묶어두도록 하지. 빠씨 말도 틀린 건 아니니까. 빠씨도 내 말 잘 들어요. 윤주씨가 보통 고집쟁이가 아니니까 잘 타일러야 할 거요. 정 안 되면 우격다짐까지도 생각해두고. 자고로 여자는 남자 하기 나름인 법이니까. 시간을 너무 끌지 않도록 해요."

한태형이 마지막으로 못질을 했다.

"두 주일을 넘기면 사정이 달라질 수도 있어요. 내 이번 일은 특별히 봐주는 거니까. 언제까지 같은 조건일 수는 없을 거외다."

"알겠습니다. 잘 한번 노력해보겠습니다."

바이올린맨은 어느새 고개를 조아리고 있었다. 큰 은혜라도 입는 줄 생각하는 모양이었다. 맙소사.

사랑해요

"저 사람들 얘길 믿으면 안 돼요. 당장 경찰에 신고부터 하세요."
삼촌과 한태형이 돌아간 뒤 나는 바이올린맨에게 그렇게 말했다. 그러나 그는 고개를 저었다.
"그럴 수 있다면 얼마나 좋겠니. 하지만 그랬다간 윤주씨만 더 어려워질 거야."
"사백오십만 원이나 되는 큰돈을 갑자기 어떻게 구하겠어요? 게다가 그 돈만 준다면 저 사람들이 깨끗하게 손을 털고 돌아설 것 같아요? 어림없어요. 난 벌써 여러 번 봤어요. 저 사람들, 찰거머리떼예요. 한번 시작하면 끝까지 엉겨붙어 알거지를 만들어버린다니까요."
"설마. 갑수삼촌이 한집 식구한테 그렇게까지야 하겠니."
"그러고도 남을 사람이에요."
"아니야. 그러진 않을 거야. 그나저나 윤주씨가 무슨 소릴 할지 걱정인걸."
바이올린맨은 어깨를 움찔하고는 방으로 들어갔다. 참으로 답답한 노릇이었다. 윤주누나가 무슨 얘길 할지는 삼척동자라도 짐작할 일이었다. 그런데 바이올린맨은 그것도 모르고 있었던 것이다.
삼십 분쯤 후에 윤주누나가 돌아왔다. 목욕탕을 다녀온 모양이었다. 살갗은 뽀얗게 부풀었고, 머리카락은 촉촉이 젖어 있었다. 바이올린맨은 서둘러 면담을 신청했다. 나는 또 큰 방 앞 섬돌에 앉아서 그들의 대화에 귀 기울였다. 내용은 예측했던 대로였다. 사정 얘기를 들은 윤주누나가 발칵 화를 낸 것이었다.

"그걸 도대체 말이라고 해요? 그 사람들 얘기를 믿어요? 그리고, 바선생님이 왜 저 때문에 그런 거금을 쓴단 말예요? 우리가 뭐 결혼 약속이라도 한 사이인가요?"

"아니, 뭐 꼭 그런 건 아니지만, 제 생각엔 윤주씨가 술집 일을 하는 것도 어울리지 않는 것 같고……"

바이올린맨은 이런저런 얘기를 주워섬기며 윤주누나의 마음을 달래려고 애썼다. 그러나 오 분이 지나지 않아 그녀는 이렇게 선언하고 일어섰다.

"그 얘긴 두 번 다시 꺼내지 말아요. 백만 원이건 사백오십만 원이건 바선생님과는 아무 상관 없는 일이에요. 제가 알아서 처리하겠어요. 그리고 앞으론 제 일에 참견하지 마세요. 누가 제 뒤를 따라오건 어젯밤처럼 나서서 끼어들지 말란 말예요. 아시겠어요?"

윤주누나의 선언은 그러나 며칠 지나지 않아 빛을 잃기 시작했다. 매일 밤 수난이 이어진 까닭이었다. 자정만 넘기면 우리집 골목에서는 어김없이 소란이 벌어졌다. 멀쩡한 양복 차림의 취객이 윤주누나를 따라와서는 실랑이를 벌였다. 함께 가니 안 가니, 이만 원이니 삼만 원이니. 어떤 이는 소리를 질렀고, 어떤 이는 노래를 불렀고, 또 어떤 이는 대성통곡을 했다. 참으로 다양한 연출들이었다. 덕분에 나는 오랜 의문이었던 누나들의 귀가 시간을 알게 되었고, 동네 사람들은 밤잠을 설치게 되었다. 벌컥벌컥 여기저기서 창문 열어젖히는 소리가 들렸다. 사람들은 잠 좀 자게 해달라며 또 소리를 질렀다. 찬물을 한 바가지씩 끼얹는 이도 있었다. 취객이 이층까지 따라 들어와서 소란을 부리면 이번에는 삼촌이 나섰다. 삼촌은 함께 난동을 부렸다. 물론 그 대상은 취객이 아니라 윤주누나였다.

도대체 무엇 하는 짓이야. 꼭 이렇게 술집 나가는 티를 내야 되겠어? 어차피 몸 팔려고 나가는 계집이……

삼촌은 호통을 쳤고, 취객은 악을 썼다. 바이올린맨은 그저 바라볼 뿐이었다. 우두커니 서서, 발만 동동 구르며. 두 번 다시 끼어들지 말라는 윤주누나의 선언 때문이었다. 그러나 결국 누나가 눈물을 터뜨리면 뒷감당은 바이올린맨 몫이 되었다.

그가 나서서 취객의 주머니에 얼마인지도 모를 돈을 찔러넣어야 했다. 그러고도 손이 발이 되도록 싹싹 빌어서야 간신히 돌려보내곤 했다. 윤주누나는 아예 바이올린맨과 이야기도 나누지 않게 되었다. 속도 상하고 창피하기도 해서일 것이었다.

그러던 어느 날 밤인가는 더 이상 어찌할 수 없는 상황이 발생하고 말았다. 또 한 명의 취객이 다친 것이었다. 이번에는 사태가 더 심각했다. 남자는 거의 이층 문 앞까지 쫓아 올라와서 넘어졌다. 그리고는 데굴데굴 계단을 굴렀다. 쿵쾅쿵쾅, 으아아아악. 방 안에서도 나는 취객의 추락을 알 수 있었다. 바이올린맨이 사색이 되어서 달려나갔고, 상미누나와 나도 그 뒤를 쫓았다. 삼촌도 어슬렁어슬렁 걸어나왔는데 그의 얼굴에는 한 가닥 회심의 미소가 피어오르고 있었다. 마치 드디어 올 것이 왔구먼 하는 반가움 같았다. 그리고 이튿날, 바이올린맨은 또 한태형의 방문을 받았다.

한태형은 다짜고짜 바이올린맨의 멱살을 거머쥐었다.

"이 짜식이, 내 그렇게 알아듣게 얘길 했건만……"

이번에는 아예 나이고 예의고 따지지 않았다. 삼촌이 끼어들어 말리는 시늉을 했다. 그러나 그는 한태형의 주먹을 얼른 풀지 않았다. 우악스런 손길이 바이올린맨을 한참 동안 흔들도록 내버려두었다.

"이웃끼리 이러면 쓰나. 좋게좋게 말로들 풀어야지."

"좋은 말로 알아듣게 얘기했잖아요. 그 이상 더 어떻게 해요?"

한태형은 바이올린맨의 따귀를 한 대 때리는 것으로 멱살을 풀었다. 그건 참 어처구니없는 노릇이었다. 취객이 계단을 굴러내릴 때 바이올린맨은 현장에 있지도 않았다. 게다가 그런 사실은 삼촌이 누구보다 잘 알고 있었던 것이다. 그러나 삼촌은 바이올린맨을 변호할 마음이 조금도 없었다.

"그래, 어떡할 텐가. 계속 이렇게 온 동네를 시끄럽게 만들 텐가? 이번에는 전치 삼 주일 진단서가 나왔다던데. 그 사람 위자료만도 백만 원은 준비해야 할걸."

"지난번 것 합치면 위자료만도 백오십만 원, 박사장 빚 사백만 원, 점점 쌓여가는구먼. 돈이 없으면 기둥서방 노릇도 깨끗하게 포기해."

그때 윤주누나가 돌아왔다. 누나는 깜짝 놀라 그들 사이로 끼어들었다. 뭘 하는 거예요. 왜 자꾸 바선생님은 못 살게 구는 거예요. 아무 상관도 없는 사람을. 그러나 한태형과 삼촌은 윤주누나에게는 신경도 쓰지 않았다. 오히려 더 보란 듯이 바이올린맨을 몰아세웠다. 한태형은 또 멱살을 잡고 흔들며 이 자식 저 자식을 찾았고, 삼촌은 애매한 말들로 바이올린맨의 어깨를 무겁게 만들었다. 남자가 여자를 정했으면 책임감을 보여줄 줄 알아야지 운운. 참으로 가소로운 설교였다. 화가 난 윤주누나가 그들을 뜯어놓으려 하자 한태형은 윤주누나에게까지 손찌검을 했다. 이번에는 바이올린맨이 흥분하기 시작했고, 그래서 사태는 엉망진창으로 변하고 말았다.

한바탕 공갈 협박을 늘어놓고 한태형이 돌아간 뒤 바이올린맨이 윤주누나를 방으로 불러들였다. 이번에 나는 두 사람의 대화를 훨씬 가까운 곳에서 훨씬 더 실감나게 들을 수 있었다. 미리 그럴 것을 예상하고 큰 방으로 들어가 바이올린맨의 비키니 옷장 속에 숨어 있었던 것이다.

"윤주씨……"

바이올린맨은 누나의 이름을 부르고도 한참 동안 침묵했다. 참으로 긴 시간이 지난 후에야 무겁게 말을 이었다.

"우리 그만 정리합시다."

이게 무슨 소리일까. 나는 내 두 귀를 의심했다. 그만 정리하자니. 바이올린맨이 윤주누나를 생각하는 마음이 고작 그 정도였을까. 실망스러운 일이었다. 이해가 되지 않는 바는 아니었지만. 그러자 윤주누나가 말했다.

"그래요. 그동안 너무 힘들게 만들어서 죄송했어요…… 정리하고 말고 할 것도 없죠. 바선생님이랑 저랑 사이에선 별로 시작된 일도 없었으니까요."

"그런 얘기가 아닙니다. 단란주점 일을 정리하자는 얘깁니다. 깨끗하게 정리하고 새 출발을 하자는 말씀입니다."

"……"

"저도 뭐 부자는 아닙니다. 그렇지만 그 돈 오백오십만 원, 일주일 안에 구해보겠습니다. 어떻게든 될 겁니다. 윤주씨를 위해서라면 목숨도 내놓을 수 있는 사람인데, 고작 그 돈 몇 푼 때문에 이런 고생을 시킬 수야 있겠습니까…… 제게 한번 기회를 주십시오. 윤주씨랑 함께라면 뭐든 새로 시작할 수 있을 겁니다."

"그렇지만, 염치가 있지 어떻게……"

윤주누나의 목소리는 가늘게 기어들어갔다. 그건 그녀의 굴복을

뜻했다. 바이올린맨이 그녀에게 다가앉으며 두 손을 잡았다.

"믿어주십시오. 그 정도 돈은, 바이올린만 열심히 만들어도, 일이 년 안에 회복할 수 있습니다. 그렇지만 지금 윤주씨를 잃으면 다시는 회복할 수 없을 겁니다. 그러니 제게 기회를 주십시오."

윤주누나의 두 눈이 반짝였다. 두 줄기 눈물이 볼을 타고 흘러내리더니 바이올린맨의 손등 위로 떨어졌다.

"죄송해요."

"아닙니다. 제가 지금 윤주씨께 듣고 싶은 말은 그런 게 아닙니다. 훨씬 더 깊고 소중한 말을 듣고 싶습니다."

윤주누나는 천천히 시선을 들었다. 투명하게 반짝이는 눈길로 바이올린맨을 바라보았다.

"제가, 그런 말을 할 자격이 있을까요?"

"물론입니다. 윤주씨는 제가 처음으로 남자라는 걸 느끼게 해준 사람입니다."

"진짜로요?"

"정말입니다."

"저도 그래요. 바선생님을 통해서 난생처음 여자라는 걸 알게 되었어요."

"그럼 어서 그 말을 해주십시오."

윤주누나는 다시 고개를 떨구었다. 그러나 이번에는 실망이나 미안함의 퇴각이 아니었다. 수줍음으로 얼굴이 붉어진 까닭이었다. 머뭇머뭇, 몇 번을 망설이며 입술을 옴짝거리더니, 마침내 그녀가 말했다. 모기 소리처럼 가늘게.

"사랑해요."

그러나 그 소리는 그날 그 순간까지 내가 들었던 어떤 고함 소리보다도 크고 선명하게 내 가슴을 울렸다. 바이올린맨의 가슴속에서는 얼마나 더 큰 메아리가 되었을지 충분히 짐작할 일이었다. 나는 괜히 눈시울이 뜨거워졌다. 그런데 또 입가로는 바보 같은 웃음이 새어나왔다. 히죽히죽.

주머니칼

그날 나는 바이올린맨에게서 두 가지를 배웠다. 첫번째는 자기가 정한 여자는 자기 힘으로 지켜야 한다는 사실이었다. 그건 절대적인 명제였다. 바이올린맨은 그 명제를 실천하기 위해 최선을 다하고 있었다. 두번째 교훈은 돈을 벌어야 한다는 것이었다. 돈을 벌 수 있어야 한다. 당장은 아니더라도, 멀지 않은 언젠가는 반드시, 돈을 벌어야 한다. 그러기 위해서는 뭔가 확실한 기술이나 직업을 가져야 한다. 안 그랬다가는 삼촌이나 한태형 같은 꼴이 될 수밖에 없을 것이다. 그리고 자기 힘으로 자기 여자 하나 지켜낼 수 없을 것이다. 바이올린맨이 윤주누나 앞에서 자신감을 보일 수 있는 것은 바이올린 제작이라는 전문 기술이 있기 때문인 것이다.

그 두 가지 교훈은 내게 두 가지 결심을 하게 만들었다. 첫째는 내 힘으로 시은을 지키겠다는 것이었고, 둘째는 나도 무언가를 배우겠다는 것이었다.

두번째 결심의 대상을 정하는 데는 많은 고민이 필요하지 않았다. 지극히 자연스럽게, 나는 바이올린 제작을 생각하고 있었다. 바이올린맨에게 부탁하리라. 제자로 받아들여달라고. 만약 거절한다면 끝까지 엉겨붙으리라. 몇날 몇주 몇달이라도 그의 방문 앞에

꿇어앉아 일어나지 않으리라. 사람 좋은 바이올린맨이 그런 정성까지 모른 척하진 않겠지…… 그러나 당장은 아니었다. 당장 바이올린맨에게는 발등에 떨어진 불이 있었다. 돈을 마련해서 윤주누나를 구하는 일이었다. 그 일이 끝난 다음에 그의 제자가 되리라. 나는 그렇게 마음먹었다. 한태형 일당이 순순히 약속을 지킬지는 의문이었지만 일이 순조롭게 마무리되기를 바랄 도리밖에 없었다.

첫번째 결심을 위해서는 곧바로 무언가를 시작해야 했다. 내 힘으로 시은을 지킨다는 것, 형태와 그 떡두꺼비들에게 시은을 보호한다는 것. 나는 삼촌의 서랍장을 뒤져서 잘 드는 주머니칼 하나를 찾았다. 서랍 속에는 참 많은 위험한 장난감들이 있었다. 그 중에서도 내가 골라 든 것은 가장 날카롭고 끔찍하게 생긴 칼이었다. 단추를 누르면 칼날이 튀어나왔고, 왼쪽 오른쪽으로 흔들면 칼날이 나타났다 사라졌다 했다. 영화 속에서 비열한 악당들이나 사용할 법한 물건이었다. 그런 물건을 집어 들면서 내 마음이 편할 리 없었다. 하지만 나는 마음을 다잡았다. 먼저 비열한 짓을 시작한 건 그놈들이다. 덩치와 숫자와 텃세로 나를 몰아세운 건 바로 그놈들이다. 그러니 이건 분명한 정당방위다.

그날부터 나는 은밀히 바빠졌다. 아무도 보지 않는 곳에서 아무도 모르게 주머니칼 쓰는 법을 연습해야 했기 때문이었다. 다행히 내게는 혼자 있는 시간이 많았다. 누나들이 출근한 저녁이면 덩그러니 혼자가 되었다. 감자수프 사건 이후로는 시은도 올라오지 않았다. 아마 단단히 마음이 상한 모양이었다. 조금만 기다려. 내 마음을 모두 보여줄 날이 오게 될 거야. 멀지 않아서. 나는 혼자 속으로 그녀에게 속삭이곤 했다.

그리고 그날부터 내 손에는 무수한 상처들이 돋아나기 시작했다. 칼날은 너무 부드럽고 예리했다. 초등학교 사학년의 손에는 무겁기도 했다. 게다가 어느 누구도 내게 사용법을 가르쳐주지 않았다. 그러니 내 손에는 하루에도 서너 개씩의 상처들이 돋아날 수밖에 없었다. 상처가 깊어서 피가 많이 흐르는 날이면 좌절감이 찾아왔다. 과연 해낼 수 있을까. 이 끔찍한 주머니칼과 친구가 될 수 있을까. 영화 속의 비열한 악당들처럼 멋지게 휘두를 수 있을까. 그래서 형태와 그 두꺼비들을 오싹하게 만들 수 있을까…… 그건 참 요원한 일처럼 보였다. 아주 불가능한 꿈처럼도 보였다. 하지만 나는 다시 용기를 내어 칼날을 곧추세웠다. 바이올린맨도 그러지 않았던가. 열 살도 넘게 어린 한태형에게 욕을 먹고 멱살을 잡히고 주먹다짐까지 받으면서도 꿋꿋이 버텨내지 않았던가. 그리고 윤주 누나를 지키겠노라 선언하지 않았던가.

한 가지 안타까운 일은 손의 상처들만큼이나 내 가슴에도 켜켜이 상처들이 쌓여간다는 사실이었다. 나는 비열해지기 위해 몸부림치고 있었으니까. 그리고 가끔은 이런 엉뚱한 의문도 스쳐갔다. 혹시 삼촌의 가슴속에도 무수한 상처들이 쌓여 있는 것은 아닐까. 온전한 정신으로는 감당할 수 없을 만큼. 진정 비열한 악당은 참 많은 생채기들이 모여야만 만들어질 것 같았기 때문이었다.

내가 칼쓰기를 익히느라 바빴던 동안 바이올린맨은 돈을 마련하기 위해 동분서주했다. 그는 주변의 모든 사람들을 통해서 가능한 모든 방법들을 동원하는 것 같았다. 그동안 만들어두었던 바이올린을 모조리 내다 팔았고, 더 많은 주문을 받아서 계약금을 받았다. 빵집 아저씨에게도 얼마인가를 빌리는 것 같았다. 그는 또 큰방의 전세를 사글세로 바꿨는데, 그 와중에서 제법 많은 손해를 입었다. 통통한 집주인 아줌마, 즉 형태의 모친은 전세금을 빼주는 대신 아주 높은 사글세를 요구한 것이었다.
"차라리 이사를 하는 게 어때요?"
윤주누나의 의견이었다. 그러나 바이올린맨은 고개를 저었다.
"당장 이사를 가려면 돈이 더 듭니다. 게다가 더 작은 방에서는 바이올린을 만들 수가 없습니다. 앞으로 윤주씨와 합칠 것을 생각해도 이 정도 방은 있어야 하고. 너무 염려 마십시오. 이번 고비만 넘기면 모두 잘 풀릴 겁니다."
그날 나는 바이올린맨의 또 한 가지 비밀을 알게 되었다. 그는 어느 고아원인가에 전화를 걸어서 원장님과 통화를 하더니 이런 얘기를 하는 것이었다.
"죄송합니다. 당분간 후원금 보내기가 어려울 것 같습니다…… 네, 사정이 좀 생겨서요…… 무슨 말씀을요. 정말 죄송할 따름입니다. 반년이나 일 년쯤 걸릴 것 같습니다. 되도록 빨리 다시 보내도록 하겠습니다…… 네, 천만에요. 네, 그럼요. 경식이랑 은하는 모두 잘 지내죠……?"
나는 그가 어서 그 고비라는 걸 넘기고 평화로운 바다 위를 항해하기를 빌었다. 윤주누나와 함께. 설사 손바닥만 한 뗏목을 타고서라도.
며칠이 지나면서 바이올린맨의 안색이 펴졌다. 얼마만큼 돈이 마련된 모양이었다. 그는 삼촌을 통해서 한태형과 약속을 정했다. 사흘 후 저녁에 돈을 전달하기로. 바이올린맨은 낮 시간을 원했지만 한태형 쪽은 주점이 문을 연 이후 시간을 원했다. 그곳에서 박사장 등과 함께 일을 마무리짓자는 것이었다.
그 약속이 정해지던 날 나는 시은의 동정을 살폈다. 어쩐지 나도 무슨 일인가를 분명히 해두어야 할 것 같았기 때문이었다. 약속이라든가 다짐이라든가 뭐 그런 것을. 그런데 마침 그 저녁 시은은 옥상으로 올라갔다. 검은 외투가 드리워진 비밀의 동굴로. 그녀가 올라간 십여 분 후 나는 쇠줄 사다리를 움켜잡았다. 손길도 가슴도 조금씩 떨리고 있었다. 그녀 곁의 평상에 나란히 걸터앉았을 때는 그러나 이상하게도 편안한 기분이 되었다. 떨림도 없었고 조바심도 없었고 두려움도 없었다. 마치 나는 애당초 내가 속한 자리로 돌아온 듯한 느낌이었다.

아무 말도 없이 우리는 한참 동안 앉아 있었다.

둥근 달이 십 센티미터는 움직였을 것이었다.

내가 굳이 말문을 연 것은 너무 편안했기 때문이었다. 무슨 말이든 하지 않고서는 잠이 들어버릴 것만 같았기에.

"요즘도 형태가 많이 괴롭히니?"

나는 당연히 그렇다는 대답을 기대했다. 그럼 나는 그녀를 위로하리라. 그리고 당당하게 말해주리라. 아무 걱정 하지 말라고. 내가 모든 걸 처리해주겠노라고. 그러나 시은의 대답은 뜻밖이었다.

"아니."

"안 괴롭힌다고?"

나도 모르게 목소리가 커졌다. 시은은 우습다는 듯 나를 돌아보았다.

"왜? 이상하니?"

"아니, 뭐 그런 건 아니지만."

"걔가 누굴 괴롭힐 수 있겠니. 지 앞가림도 못 하는 애가."

"그야 그렇지만…… 원래 그런 애가 다른 애들을 괴롭히는 법이잖아…… 소문들이 많던데."

"무슨 소문?"

"형태가 너랑, 그러니까, 너랑 형태랑, 결혼한다는 얘기 말이야."

"그래서?"

나는 말문이 막혔다. 조금 전까지의 평화롭던 기분도 산산이 흩어지고 있었다. 도대체 얘는 무슨 생각을 하는 것일까.

"그래서 내 말은, 그러니까, 그런 일들이 너를 괴롭히지 않느냐는 거야."

"아니라고 했잖아."

시은은 다시 한 번 잘라 말하고 고개를 돌렸다. 그리고는 혼잣말처럼 중얼거렸다.

"날 괴롭히는 게 있긴 있어. 하지만 그렇게 유치한 아이는 아니야."

"결혼식은 어떡할 건데?"

"그딴 일엔 관심 없다니까. 걔가 그렇게 원한다면 해주지 뭐. 무슨 대수로운 일이야…… 우리 아빤 우리 엄마를 이 년 동안 쫓아다녔대. 결혼해달라고 애걸복걸하면서. 그런데 어떻게 되었는지 아니?"

"어떻게 되었는데?"

"결혼식을 올리고 석 달 만에 없어져버렸대."

"어디로 가셨는데?"

"모르지. 살아 있기나 한 건지…… 저 아저씬 아랫동네 길모퉁이에서 야채 장사를 하셔."

시은은 슈퍼마켓 앞의 한 남자를 가리키며 말했다. 멋진 폼으로 담배를 한 모금 빨아들이는 중이었다.

"몇 해 전에 부인이 도망을 갔대. 다른 남자랑 눈이 맞았대나 어쨌대나. 처음엔 잡으러 다닌다고 난리를 쳤어. 하지만 요즘은 저녁마다 새 옷으로 갈아입고 향수를 뿌리고 다녀. 우리집에 야채를 배달하는 사람이 저 아저씨 친구라서 잘 아는데, 여자들이 줄을 선대. 아주 재밌는 모양이야……"

 그녀는 무심히 읊조렸다. 나는 기운이 빠졌다. 어깨가 한 뼘은 내려가는 기분이었다. 내 딴에는 걱정도 많이 하고 고민도 많이 하다가 그녀의 수호 용사가 되겠노라고 나선 참이었다. 그러나 정작 그녀는 그런 일들에 마음도 쓰지 않고 있었던 것이다. 마치 내 기분을 비웃기라도 하는 듯 주머니칼이 손에 잡혔다. 손가락의 상처들이 차가운 금속 물질에 닿으니 쓰라렸다. 나는 화가 나서 더 단단히 주머니칼을 그러쥐었다.

 정말 그런 건 아닐 거야. 그냥 그런 척하는 걸 거야. 아무렇지도 않은 척, 신경 쓰지 않는 척. 하지만 내심은 시은도 고민이 많을 거야. 떡두꺼비 깡패들이 헛소문을 퍼뜨리고 결혼을 강요하는데 어떻게 걱정이 없겠어. 내가 그 마음을 헤아려야지. 어떻게든 보살펴 줘야지. 그럼. 그렇고 말고.

 나는 다시 한 번 마음을 다잡았다. 두 주먹에 불끈 힘을 주었다. 그렇지만 어찌 된 일인지 한번 내려간 어깨는 올라오지 않았다. 어쩌면 그녀는 내 걱정보다 훨씬 먼 하늘을 날아다니는 아이일지 모른다는 생각도 들었고, 또 모든 일들이 까마귀의 날갯짓처럼 우습게 여겨지기도 했다. 까악까악, 우아하게 하늘을 날면서도 끊임없이 벌레 따위나 찾아다녀야 하는 까마귀의 날갯짓처럼.

예정된 일들

이어지는 사흘 동안도 나는 칼춤을 추느라 바빴다. 윤주누나도 하던 일을 계속했는데, 그건 바이올린맨의 노랑색 털스웨터를 짜는 일이었다. 노랑색을 고른 것은 금비였다. 누나는 몇 가지 색을 두고 고민하다가 금비에게 선택을 맡겼다. 금비는 서슴없이 노랑색 털뭉치를 골라서는 끌어안고 뒹굴었다. 어쩌면 그 색이 자신의 털 색깔과 가장 잘 어울렸기 때문인지도 몰랐다. 그리고 그 와중에도 누나는 밤외출을 거르지 않았다. 상미누나와 함께. 또각또각 뾰족구두 소리로 여운을 남기면서. 돈을 완전히 건넬 때까지는 일을 계속해야 한다는 게 박사장의 조건이라 했다. 한 가지 달라진 점은 밤마다 따라붙던 취객과의 전쟁이 사라졌다는 것이었다.

마침내 사흘이 지나간 저녁, 바이올린맨은 돈가방을 챙겼다. 가방 속에는 현금으로만 오백오십만 원이 들어 있었다. 수표 따위는 취급하지 않는 게 그쪽 사람들의 생리라 현금으로 준비해야 했다. 조금 먼저 집을 나서야 했던 윤주누나는 걱정스레 물었다.

"잘 찾아올 수 있겠어요?"

"물론이죠. 저도 그 동네에서 많이 놀았어요."

"반드시 택시를 타고 오셔야 해요. 가게 바로 앞에서 내리구요."

"네 마님. 꼭 그렇게 하겠습니다."

바이올린맨은 장난스럽게 웃으며 대답했다.

두 시간 뒤 약속 장소로 향하는 그에게 나는 윤주누나의 잔소리를 반복했다.

"반드시 택시를 타고 가셔야 해요. 가게 바로 앞에서 내리구요."

"네 도련님. 꼭 그러겠습니다."

그는 또 환하게 웃으며 대답했다. 그의 미소는 언제나 사람을 편안하고 즐겁게 만들어주었다. 나는 이제 모든 일이 잘될 것이라고 믿었다. 돈만 무사히 전달되면 상황은 종료되는 것이었다. 그리고 한 시간 후면 바이올린맨은 윤주누나와 함께 집으로 돌아오리라. 윤주누나는 두 번 다시 술집 따위에는 나가지 않으리라. 바이올린맨은 매일매일 누나가 요리하는 맛있는 음식을 먹게 되리라. 그들의 행복한 모습을 보며 나도 시은과의 미래를 설계해보리라. 참, 먼저 바이올린맨의 제자가 되는 것을 잊지 말아야지……

예상대로 바이올린맨은 한 시간 후에 돌아왔다. 그러나 그의 곁에는 윤주누나가 없었다. 뿐만 아니라 그는 두 손으로 눈가의 커다란 상처를 감싸 쥐고 있었다. 옷은 흙투성이였고, 구두는 한 짝이 달아나고 없었다. 무릎에서는 피가 흐르고 있었다. 길바닥을 질질 끌려간 듯싶었다.

"어떻게 된 거예요!"

나는 깜짝 놀라서 소리쳤다. 바이올린맨은 아무런 대꾸도 하지 않았다. 앞이 잘 안 보이는지 벽을 더듬어서 간신히 자기 방으로 들어갔다. 그리고는 한쪽 구석에 몸을 새우처럼 꼬부리고 누웠다. 나는 더 이상 아무것도 물어볼 수 없었다. 이불 하나를 꺼내어 덮어주고는 조용히 그 방을 빠져나왔다.

삼십 분쯤 후 윤주누나가 달려왔다. 누나는 약속 시간 한 시간을 넘기도록 사람이 나타나지 않아서 온 것이라 했다. 바이올린맨의 몰골을 보고는 비명을 질렀다. 누나와 그의 대화를 듣고서 나는 바이올린맨에게 일어났던 일들을 알 수 있었다. 그는 윤주누나의 부탁대로 택시를 타고 갔노라고 했다. 주점 바로 앞에서 택시를 내렸다. 그런데 바로 그 순간 어디선가 두 명의 건장한 사내들이 나타 났다. 그들은 다짜고짜 주먹질을 해댔다. 바이올린맨은 왼쪽 눈 언 저리를 얻어맞고 쓰러졌다. 아무것도 보이지 않았다. 그는 필사적 으로 돈가방을 움켜쥐었다. 그러나 그들은 이미 그 가방의 정체를 알고 있는 듯했다. 우격다짐으로 돈가방을 빼앗았다. 바이올린맨 이 한사코 저항하자 구둣발로 손등을 찍었다. 바이올린맨은 그들 의 바짓가랑이를 붙잡고 늘어졌다. 삼사 미터를 끌려갔다. 그러다 가 또 몇 차례 손등을 짓밟혔고, 그리고 그들을 놓치고 말았다. 순 식간의 일이었다. 온갖 희망과 정성으로 끌어 모은 돈 오백오십만 원을 그렇게 찰라지간에 강탈당하고 만 것이었다.

"한태예요! 한태 그놈 짓이 틀림없어요!"

윤주누나가 소리쳤다. 그런데 바로 그때 이층 문을 열고 들어오 는 발소리들이 있었다.

"어떤 년이 나한테 이놈 저놈 하는 거야? 내가 뭘 어쨌다는 거 야?"

그건 바로 한태형과 갑수삼촌이었다. 한태형은 바이올린맨의 방 문을 밀고 안을 들여다보며 말했다.

"두 시간이 넘도록 약속한 사람이 안 나와서 도망이라도 간 건가 하고 와봤지."

"야! 박한태! 너 인간이 이럴 수 있는 거니?"

윤주누나는 여느 때답지 않게 목소리를 높였다. 파르르한 떨림 과 찢어짐이 함께 담긴 목소리였다.

"돈만 가져가면 되지, 사람까지 이렇게 상하게 만들어야겠니?"

"이 계집애가 도대체 무슨 소릴 하는 거야. 갑부삼촌, 쟤 지금 왜 입에 거품을 무는 거예요?"

"글쎄다. 나도 잘 모르겠구나."

삼촌은 고개를 갸웃거렸다.

그로부터 한바탕 소란이 벌어졌다. 윤주누나는 확신을 가지고서 한태형을 비난했다. 바이올린맨이 돈가방을 들고 그곳으로 가는 길이었음을 아는 게 한태네 일당밖에 더 있느냐는 것이었다. 한태형은 괜한 사람을 잡는다며 화를 냈고, 급기야는 윤주누나의 뺨을 왕복으로 갈겼다. 바이올린맨이 일어나 그 앞을 막아서자 발길질로 걷어내었다. 윤주누나는 그의 팔뚝을 물었고, 한태형은 누나의 머리채를 휘어잡아 흔들었다. 다시 바이올린맨이 끼어들었다가 멀찌감치 나뒹굴었다. 한태형은 두 사람을 두 마리의 토끼나 닭처럼 두들겨 팼다. 그러면서 소리를 질러댔다.

"이것들이, 돈이 없으면 처음부터 없다고 할 일이지, 지금 어디서 누구를 소매치기로 몰아세우는 거야. 나 참, 살다 보니 별꼴을 다 보는구먼······"

나는 온몸이 후들후들 떨렸다. 보일러실 귀퉁이에 숨어서 한참을 떨고 있었다. 그러자니 차츰 두려움이 식었다. 대신 분노가 기지개를 켰다. 어떻게 이럴 수가 있단 말인가. 뻔히 아는 사람들끼리. 삼촌과 한태형이 아니라면 누가 감히 이 동네에서 그런 짓을 할 수 있겠는가. 나는 살금살금 한태형의 등 뒤로 다가갔다. 그리고 주머니칼을 움켜쥐었다. 그의 오른쪽 엉덩이를 겨냥해서 정확하게 칼을 내리꽂았다. 그러나 난생처음 하는 칼질은 생각과 달랐다. 손이 너무 긴장한 탓이었을까, 아니면 그의 엉덩이를 감싼 청바지가 너무 단단한 까닭이었을까. 칼날은 엉덩이를 스치고 지나갔고, 나는 앞으로 꼬꾸라졌다.

"이건 또 뭐야?"

한태형은 나를 힐끔 내려다보더니 걷어차버렸다. 그 충격은 무시무시했다. 나는 마치 시소나 그네에 부딪힌 것처럼 데굴데굴 서너 바퀴를 굴렀다. 그리고는 꼼짝도 할 수 없었다. 나를 내버려둔 채 그들 간의 소란은 계속되었다.

한참 후 한태형의 말소리가 들렸다.

"다시 일주일만 더 기한을 주지. 돈을 갖고 오든지 아니면 몸을 팔든지 둘 중 하나야. 또 쓸데없는 억지를 부린다면 울릉도에 갖다 팔아버릴 거야."

그러자 윤주누나가 말했다.

"난 이제 그 지긋지긋한 술집엔 안 나가. 돈을 받아갔으니 나머진 네가 알아서 해."

"호오, 그래? 배짱을 부리시겠다?"

"어떻게 인간의 탈을 쓰고 이럴 수가 있어?"

"좋도록 해. 일이 점점 재미있어지는군."

한태형이 돌아간 후 나는 참 놀라운 장면을 목격했다. 삼촌이 바이올린맨에게로 다가가서는 부축해 일으킨 것이었다. 이런. 많이 다치셨군요. 어쩌다 이런 일이. 쯧쯧…… 제법 혀까지 차며. 나는 머릿속이 멍해지는 기분이었다. 도대체 저 사람 속에는 뭐가 들어 있는 것일까. 과연 저 사람이 나와 피를 나눈 친삼촌이 틀림없단 말인가. 그렇다면 내 혈관 속에도 똑같은 종류의 피가 흐르고 있는 것일까.

"뭘 하는 거예요. 저리 가요. 정말이지 가증스럽군요."

윤주누나가 삼촌을 밀치고는 바이올린맨을 부축해서 방으로 들어갔다. 삼촌은 이번에는 친절하게 나를 안아 들고 자기 방으로 들어갔다. 그러나 방 안에 들어서자 완벽하게 표정을 바꿨다. 방 한쪽 구석에다 나를 내동댕이쳤다.
 쿵.
 나는 비명도 못 지르고 나가떨어졌다. 하지만 입술을 깨물고 일어나 앉아 삼촌을 노려보았다.
 "돈을 돌려줘요."
 삼촌은 들은 척도 하지 않았다. 만화책을 끼고 드러누워서는 킬킬거리기 시작했다.
 "돈을 돌려줘요. 돈을 돌려주란 말예요."
 같은 소리를 세 번 반복하자 삼촌이 벌떡 일어났다. 그는 이불 하나를 집어 들어 내게 덮어씌웠다. 그리고는 지근지근 밟기 시작했다. 머리와 어깨와 무릎이 발길질에 눌려 방바닥을 짓찧었다. 쿵 쿵쿵. 온 세상이 하얗게 변했다. 까맣게 물드는가 싶더니 또 문득 싯누런 무덤색으로 변했다. 좁디좁은 이불 속에서 그렇듯 무수한 변화가 엇갈릴 수 있다는 사실을 나는 그때 처음 알았다. 고통과 숨 막힘으로 이불을 뚫고 나가려 하면 삼촌은 내 목을 밟았다. 그리고 다시 이불을 덮어씌웠다. 마침내 짓밟기가 끝났을 때 나는 소리 지르고 싶었다. 돈을 돌려주라고. 바이올린맨에게 돈을 돌려주라고. 그들에게 새 삶을 돌려주라고. 그리고 내게도 희망을 돌려달라고. 그러나 그 어느 한마디의 말도 목구멍을 타고 넘어오지 않았다. 두려움 때문이었다. 생지옥처럼 끔찍한 두려움이 목구멍을 가득 메운 까닭이었다. 또다시 타작이 시작된다면 도저히 숨이 붙어 있을 것 같지 않았다. 어쩌면 그대로 죽어버리는 편이 낫겠다는 생각도 들었지만, 그래도 나는 두려웠다. 그건 처참한 슬픔이었다. 그래서였을까. 문득 울음이 터져나왔다. 이불 속에서 나는 숨을 죽이고 울었다. 소리 내지 않고, 어깨도 들썩이지 않고. 행여 그가 눈치 채고 비웃을까 봐. 오랫동안 울었다. 그러다가 그 속에서 잠이 든 모양이었다.

한없이 따뜻한 친절

방문 밖에서 두런두런 얘기 소리가 들렸다. 삼촌과 바이올린맨의 목소리였다. 날은 이미 오래전에 밝았는지 그 골방의 손바닥만 한 창으로도 햇살이 스며들고 있었다.

"살다 보면 어려울 때도 있는 법이죠. 그나저나 경찰에 신고부터 해야죠?"

삼촌의 말이었다.

"경찰서엔 벌써 다녀왔습니다."

"그랬어요? 경찰은 그래 뭐라던가요?"

"글쎄 그게, 참…… 알아보겠다고는 합니다만, 못 미더워하는 눈치였습니다."

"못 미더워하다뇨?"

"달동네에 세 들어 사는 사람이 그런 큰돈을 갖고 있었다니 말입니다. 그것도 현금으로…… 자꾸 꼬치꼬치 캐묻더군요."

"나쁜 놈들 같으니. 달동네 사람이라고 돈 좀 만지지 말란 법이 있나. 경찰이라는 게 모두 그렇다니까."

"제가 생각해도 좀 어리석은 부분이 있었습니다. 수표를 고집했더라면 이런 일은 없었을 텐데."

"이런 일이 생길 줄 누가 짐작이나 했겠어요. 지나간 일이야 후회해봤자지 뭐…… 그런데 그 가방 속에 진짜 오백오십만 원이 현금으로 들어 있었어요?"

"물론입니다. 갑부삼촌도 못 믿으시는 겁니까?"

"아 아니요. 그럴 리가 있나. 내가 바선생을 못 믿으면 누가 믿어주겠어요. 난 그저 안타까워서 하는 얘기지. 너무 걱정 말아요. 한번 알아봅시다. 근처 사람 소행이라면 찾아낼 수도 있을 겁니다."

"그래주시겠습니까?"

바이올린맨의 목소리에 화색이 돌았다. 내 가슴에선 한숨이 돌았다. 딱한 사람. 아직도 침 한 방울 안 발린 거짓말을 분간하지 못한단 말인가.

"누구 짓인지만 알아내주셔도 그 은혜를 잊지 않겠습니다. 갑부삼촌이 나선다면 틀림없이 찾아낼 수 있을 겁니다."

"글쎄. 내 장담은 못 하지만 한번 알아는 보죠. 바선생은 며칠 잘 쉬어야겠군요. 쯧쯧. 몸이 이렇게 상해가지고서야."

그들의 대화는 거기서 끝났다. 윤주누나가 돌아온 까닭이었다. 누나는 방으로 바이올린맨의 등을 떠밀었다. 그리고는 식사 준비를 시작했다. 아마 시장에라도 다녀온 모양이었다.

이어지는 날들 동안 나는 또 학교를 가지 못했다. 겨울 방학 끝난 지가 여러 날이었지만 어쩔 수 없는 일이었다. 온몸의 상처들 때문이었다. 특히 얼굴은 곳곳이 방바닥을 짓찧은 멍으로 푸르죽죽했다. 이번에는 나의 여신 윤주누나도 별 도움이 되지 못했다. 그녀 역시 몸과 마음이 멍으로 가득했기 때문이었다. 이따금 나와 눈이라도 마주칠 때면 그녀는 한숨을 내쉬며 시선을 돌렸다. 눈가에 이슬이 맺히는 때도 있었다.

그러나 그날들에 누구보다 큰 고통을 당한 사람은 바로 윤주누나 자신이었다. 매일처럼 저녁 여섯시만 되면 술집에서 깍두기가 파견되는 까닭이었다. 박사장이 보낸 건지 한태형이 보낸 건지 모르겠지만 그 깍두기는 어슬렁어슬렁 어깻짓으로 집 안을 배회하며 신경을 긁었다.

"윤주언니 아직 멀었소? 웬만하면 그만 하고 갑시다?"

심심하면 한 번씩 그는 그런 말들을 던졌다. 그리고는 아무 방이나 내키는 대로 들락거렸다. 바이올린맨의 방에 드러누워 담배를 피우는가 하면 윤주누나의 방으로 들어가 사탕이나 과자 따위를 뒤져 먹었다. 술이 없다고 불평을 늘어놓기도 했고, 주방에서 윤주누나가 요리 중인 음식을 손가락으로 집어먹기도 했다. 특히 그가 자주 들락거린 곳은 바이올린맨의 방이었다. 그 방에 버티고 앉아 바이올린맨에게 떼를 썼다. 내기 화투나 한 판 벌이자고. 그러다가는 또 안마를 해준답시고 바이올린맨을 엎어놓고 여기저기를 문질렀다. 가뜩이나 상처투성이였던 바이올린맨은 고통을 참지 못하고 욱욱거렸다. 그러면 윤주누나가 기겁을 하며 들어와 깍두기를 밀쳐내곤 했다. 그는 아마 윤주누나를 괴롭히는 가장 효과적인 방법은 바이올린맨을 들볶는 것이라고 교육받은 모양이었다. 그리고 그 교육은 대단히 정확했다. 그러기를 나흘 만에, 윤주누나가 백기를 든 것이었다.

"그래. 가자. 가. 술집이든 지옥이든 함께 가자. 가면 될 것 아냐."

바이올린맨이 참아야 한다고 붙잡았지만 소용없었다. 누나는 바이올린맨에게 이미 충분히 많은 죄를 지었다고 생각했을 것이었다. 깍두기를 앞세우고 뾰족구두를 또각거리며 그녀는 술집으로 나갔다.

혼자가 된 바이올린맨은 안절부절못했다. 하릴없이 방 안을 서

성거리다가 앉았다가 드러누웠다가 또 일어서곤 했다. 그리고는 자신의 으스러진 오른손을 들여다보았다. 그 참담한 심정을 누가 이해할 수 있었을까. 그는 혼잣말처럼, 혹은 하소연처럼 내게 묻곤 했다.

"내가 다시 바이올린을 만들 수 있을까?"

"물론이죠. 아저씬 더 훌륭한 바이올린을 만들 거예요. 비 온 뒤에 땅이 더 굳는다잖아요."

나는 제법 유식한 말을 주워섬기며 그를 안심시키려 했다. 그렇지만 그건 실로 중대한 문제였다. 그가 바이올린을 다시 만들 수 있을지 없을지는. 당장 받아놓은 주문도 주문이었지만, 거기에는 나와 시은의 미래가 걸려 있기도 했던 것이다. 그래서 나는 곁눈질로 그의 일그러진 손등을 흘끔거렸다. 제발 내 말이 엉터리가 아니기를 빌며.

한없이 따뜻하고 친절한 삼촌이 돌아오자 바이올린맨은 조바심을 냈다.

"뭘 좀 알아보셨나요?"

"글쎄 그게 말이죠……"

삼촌은 뜸을 들이다가 고개를 저었다.

"간단치가 않네요. 아는 사람이 없어요. 이 동네 아이 소행이 아닌가 봐요."

"어느 동네 사람 짓이란 말입니까?"

"아 그걸 알면 다 아는 거지. 점쟁이도 아닌데 어떻게 그것까지 알겠어요. 어쨌든 이 동네 아이들은 내가 죄다 털어봤는데, 먼지가 나지 않아요."

"그럼 어떡하죠?"

"좀더 기다려봅시다. 내 더 애를 써볼 테니까."

삼촌은 동정심이 지극한 눈빛으로 바이올린맨을 건너다보며 말했다.

"병원은 다녀왔어요?"

"병원은 가면 뭘 합니까. 어차피 몇 달은 걸린다는데."

"그래도 치료를 받아야 빨리 낫죠. 제대로 치료해도 손가락을 예전처럼 움직일 수 있을지 장담하기 어렵다면서요."

"그러니 참 죽을 노릇입니다."

바이올린맨은 시선을 떨구었다.

"매일매일 병원비도 만만치가 않고……"

그러자 삼촌이 주머니를 부스럭거렸다. 참으로 뜻밖의 일이었다. 만원짜리 지폐 한 장을 내놓은 것이었다. 인천 앞바다의 왕소금보다 짠 삼촌이.

"내가 어떻게든 융통해볼 테니까 치료비는 걱정하지 말아요. 병원은 꼬박꼬박 다녀야지."

나는 슬슬 걱정이 되었다. 삼촌이 저런 친절을 베푸는 데는 분명 다른 꿍꿍이속이 있기 때문이었다. 바이올린맨은 지폐를 받아들며 더 깊숙이 고개를 떨구었다. 고맙습니다. 갑부삼촌 은혜는 잊지 않겠습니다. 나는 입술이 바짝바짝 타들어갔다. 저게 아닌데. 저렇게 고마워해서는 안 되는데.

간웅본색

"삼촌을 믿으면 안 돼요. 아무것도 기대하면 안 돼요."

"글쎄. 그래야겠지……"

바이올린맨은 내 말에 고개를 끄덕였다. 그러나 다른 한편으로는 한숨을 내쉬었다. 지금 그에게는 희망이 없었다. 강탈범을 잡지 못한다면 완전한 절망이었다. 빚만 잔뜩 진 상태였고, 바이올린도 만들 수 없었으니까. 그나마 삼촌의 사탕발림과 거짓말이 유일한 위로였던 것이다. 더구나 삼촌의 연기는 감탄을 자아낼 만했다. 애틋한 눈빛이며 따뜻한 걱정이며 강탈범에 대한 비분강개함이며 등등. 바이올린맨은 자꾸자꾸 삼촌에게 기울지 않을 수 없었다.

그러던 어느 날 나는 드디어 삼촌의 목적지를 알게 되었다. 그건 그러니까 한태형이 바이올린맨에게 부여한 일주일 기한의 마지막 날이었다. 바이올린맨의 걱정과 조바심은 극한점을 넘어서고 있었다. 삼촌은 그 가련한 환자에게 마지막 희망의 불을 지폈다.

"아무래도 안 되겠어요. 당장 범인을 잡는 건 어려운 일이에요. 경찰에서도 연락조차 없잖아요. 그래서 내 생각해봤는데……"

그는 길게 말꼬리를 늘였다. 갯지렁이를 매단 낚싯줄처럼. 바이올린맨이 그 줄에 입질하지 않을 도리란 없었다.

"그래서요?"

"어떻게든 돈을 구하는 게 순서가 아닐까요. 윤주씨가 매일 저런 생지옥을 드나들게 내버려둘 수도 없는 일이잖아요."

"그건 알지만, 돈을 구할 방법이 있어야죠."

"내가 생각해봤다는 게 바로 그 방법인데 말이오."

"그래요? 그런 게 있나요?"

"없지는 않아요. 그렇지만 바선생이 들으면 거부감을 느낄지도 몰라요. 워낙 바선생이랑은 어울리지 않는 일이라서. 억지로 권할 만한 일도 아니고."

"그런 것 저런 것 따질 겨를이 있나요. 가능성이 있으면 뭐든 해 봐야죠. 그런데 그게 도대체 어떤 일이죠?"

삼촌은 두어 번 헛기침을 했다. 그리고 그 방법이라는 것을 설명하기 시작했는데, 그건 바로 그의 전문 영역인 교통사고 꾸미기였다. 장황한 미사여구로 설명을 끝내면서 그가 말했다.

"그게 말입니다, 생각처럼 나쁜 일만도 아니랍니다. 보험 회사들이야 얼마나 큰 재벌입니까. 그 사람들의 돈을 조금 빌려서 급한 불을 끄자는 거니까 하나님께서도 크게 탓할 일은 아니지요."

"그렇지만 그런 일은……"

이번에는 바이올린맨이 말꼬리를 흐렸다. 그에게는 참 낯설고 갑작스러운 제의일 것이었다. 삼촌 말처럼 어울리는 일도 아니었고.

"바선생도 얘기했듯이 지금 이것저것 따질 형편이 아니잖아요. 내 그래서 방법을 찾아본 것뿐이니까, 내키지 않으면 잊어버려요. 난들 뭐 이런 얘기 하면서 기분이 좋을 리 있겠어요."

"아닙니다. 갑부삼촌 마음이야 제가 충분히 헤아립니다. 다만 전혀 생각지 못했던 일이라…… 윤주씨가 들으면 뭐라고 할지 모르겠군요."

"윤주씨한테야 비밀로 해야지. 그런 얘길 들으면 가슴이 찢어질 게 뻔한데."

"그렇군요."

"게다가 바선생은 지금 사정이 아주 좋아요. 손이 그 모양으로 으스러졌으니 그걸 덮어씌우면 훨씬 더 쉽게 돈을 뽑아낼 수 있거든요. 생각해봐요. 지금 그 손으로 바이올린을 만들 수도 없고, 예약은 또 잔뜩 받아두었을 테고, 그래요 안 그래요?"

"그렇습니다. 급전을 끌어오느라 주문을 많이 당겨왔습니다."

"그걸 다 어떡할 거예요. 병원비도 없는 사람이 그 돈을 모두 물어줄 거예요? 어림없는 얘기잖아요. 그러니 내 말대로 눈 딱 감고 사고 한 번 치는 겁니다. 덕분에 돈도 벌고, 병원에서 두어 달 쉬다 보면 손도 말끔히 나을 테고. 그럼 그때부터 다시 바이올린을 만들면서 윤주씨랑 새 삶을 시작하는 겁니다."

참으로 달콤한 유혹이었다. 감히 뿌리치기 힘든 유혹이었다. 바이올린맨은 조금씩 흔들리며 끌려들어갔다.

"하지만 그렇게 간단한 일일까요? 오백오십만 원이면 적은 돈이 아닌데?"

"그러니까 전문가를 만나야지요."

"전문가라구요?"

"그렇죠. 전문가죠. 전문가들한테는 계산이 모두 서 있어요. 어디서 어떻게 어떤 차와 부딪치면 얼마가 나온다, 뭐 그런 거요. 공식 같은 거죠. 마침 기회가 좋은 게, 내가 잘 아는 전문가가 급한 돈이 필요해서 사람을 찾고 있어요. 경험도 풍부하고 믿을 만한 친구예요. 이삼 일 내로 했으면 하던데, 자기는 백만 원만 떼겠대요. 그 정도면 아주 좋은 조건이죠."

"백만 원만 떼겠다구요? 보통은 어떻게 하는데요?"

"보통은 비율로 나누죠. 육 대 사 아니면 칠 대 삼, 뭐 그런 식으로. 그런데 그 친구는 처음부터 딱 백만 원만 떼겠다고 약속하는 거예요. 그런 경우는 드물어요."

"그럼 좋은 기회인 건 틀림없군요."

"그런데 바선생 다리는 어떻게 다친 거죠?"

"그건 왜요?"

"만약 최근에 교통사고를 당한 거라면 얘기가 조금 까다로워지거든요."

"그건 아닙니다. 안심하셔도 됩니다. 대학생 때 다친 거니까요."

"아. 데모를 하다가 그랬군요."

"글쎄요. 뭐, 그랬는지 어쨌는지…… 어쨌든 교통사고는 아니니까 이번 일에 지장을 주지는 않을 겁니다만……"

바이올린맨은 말을 하다가 제풀에 깜짝 놀랐다. 어느 틈에 스스로 음모 속으로 빨려 들어간 듯한 느낌 때문이었을까. 허둥지둥 한쪽 발을 뺐다.

"하지만 워낙 갑작스런 일이라, 좀더 시간을 갖고 생각해보는 편이 좋을 것 같군요."

"아 그거야, 마음대로 해요. 나야 아무 상관 없는 일이니까. 난 그저 바선생 사정이 딱해서 그런 방법도 있다는 걸 가르쳐주는 것뿐이죠. 하늘을 우러러 한 점 부끄럼 없이 말하는데, 소개비든 뭐든 난 일 원 한 푼 안 받아요. 그러니 바선생이 잘 생각해서 결정해요."

역시 삼촌은 프로였다. 그런 말을 던지고는 휑하니 나가버리는 것이었다. 물고기가 낚싯줄 끝의 갯지렁이를 무는 것은 주변에서 아무도 재촉하지 않을 때임을 누구보다 잘 아는 까닭이었다.

거짓말

그날 밤 나는 늦게까지 잠자리에 들지 않았다. 윤주누나에게 상황을 알리기 위해서였다. 내 힘으로는 아무래도 막을 길이 없었기에. 설명을 전해 들은 누나는 속이 상해 어쩔 줄 몰라했다. 특히 바이올린맨이 많이 흔들리는 것 같더라는 얘기에는 눈시울이 붉어졌다. 모두가 자기 탓이라는 것이었다.
"내가 미쳤지. 어쩌자고 그 사람을 끌어들였을까. 그렇게 착하고 어리숙한 사람을."
그녀는 짜다 만 바이올린맨의 털스웨터에 눈물을 닦았다. 스웨터는 이미 거의 형태를 잡아가고 있었다. 한참을 우두커니 앉아 있더니 문득 누나의 눈빛이 달라졌다. 단단하고 날카롭게. 몇 달 전 내가 맨 처음 그녀를 보았을 때의 표정으로. 그건 왠지 가슴 섬뜩한 일이었다. 그런 섬뜩한 표정으로 그녀가 중얼거렸다.
"그래. 내가 없어져야 해. 내가 곁에 있는 한 바선생님께는 자꾸자꾸 불행한 일들이 생길 거야. 내가 사랑한 사람들은 언제나 그랬거든."
그리고는 벌떡 일어나 바이올린맨의 방으로 건너갔다. 난 걱정이 되어 뒤따라갔지만 방으로 들어갈 수는 없었다. 윤주누나가 방문을 매섭게 닫았기 때문이었다. 도대체 무슨 얘기였을까. 없어져야 한다니. 누나가 사랑한 사람들에게는 언제나 불행한 일들이 생겼다니. 그건 아닌데. 그런 생각을 해서는 안 되는데. 나는 문에 귀를 붙이고 방 안의 대화를 엿들으려 했다. 그러나 아무런 얘기도 들을 수 없었다. 두 사람의 목소리가 너무 낮았기 때문이었다. 겨울 아침 학교 운동장에 깔린 서리처럼 차갑게 가라앉은 목소리들이었다. 이따금 바이올린맨의 톤이 조금 높아졌지만 곧 다시 무겁게 내려앉았다.
큰 방을 나온 윤주누나의 눈빛은 여전히 날카롭고 단단했다. 그러나 그건 진짜가 아니었다. 자기 방으로 들어서자마자 다시 축축하게 눈시울을 적시는 것이었다. 나는 궁금해서 견딜 수가 없었다.

"어떻게 된 거예요? 무슨 얘길 했어요?"

누나는 아무 말도 하지 않았다. 아무런 대꾸도 없이 한참을 흐느꼈다. 그러다가 문득 생각난 듯 뜨개질감을 집어 들었다. 바이올린맨의 털스웨터를 계속 짰다.

"떠나겠다고 얘기했다. 더 이상 함께 있고 싶지 않다고. 돈 간수도 못 하고 그만한 일 하나 처리 못 하는 남자에게 평생을 맡길 수는 없다고."

그녀가 그렇게 입을 연 것은 제법 시간이 지난 후였다. 나는 도무지 사정을 짐작하기 힘들었다. 그건 결코 윤주누나의 진심은 아니었던 것이다.

"그렇지만, 어떻게 그럴 수가 있죠? 바이올린맨은 누나를 위해서 벌써 많은 걸 잃어버렸잖아요. 이제 또 누나까지 떠나버리면 너무 슬플 거예요."

"그래서 떠나려는 거야. 벌써 많은 걸 잃었으니까. 남은 것마저 모조리 잃게 할 순 없으니까."

"뭐가 남아 있는데요?"

"살아 있다는 게 남은 거지. 손이랑 건강은, 시간은 좀 걸릴 테지만 회복될 테고. 다시 일을 시작하면 더 좋은 여자를 만나게 되겠지…… 난 혼자 아주 먼 곳으로 갈 거야. 울릉도나 거제도나 뭐 그런 곳으로. 가서 악착같이 돈을 벌 거야. 그래서 바선생님께 진 빚을 갚을 거야. 설마 죽기 전에야 갚을 수 있겠지."

"그런 게 아니에요."

난 마치 아주 많은 일들을 알고 있는 아이처럼 말했다.

"바이올린맨이 필요로 하는 건 돈이 아니에요. 그건 바로 윤주누나예요."

"그렇지 않아. 나 같은 여자는 세상에 깔렸어. 그 사람에게 가장 필요한 건 좀더 영악해지는 일이야."

누나는 단호히 고개를 저으며 말했다. 그리고는 다시 뜨개질을 시작했다. 익숙하고 민첩한 손놀림으로 한코 한코 털실을 떠나갔다. 떠나기 전에 스웨터라도 완성해서 이별의 선물로 남기려는 듯. 그건 참 답답하고 가슴 아픈 장면이었다.

노랑 자전거의 배반

이튿날 윤주누나는 늦게까지 잠을 잤다. 아주 늦게까지. 오후 2시가 지나고 3시를 넘기도록. 눈꺼풀을 비비며 기어나온 상미누나가 투덜거렸다. 기집애, 밤새 뜨개질을 하더니 지 식사 당번인 것도 모르고 잠만 자고 있어.

윤주누나가 잠에 빠져 있는 동안 그러나 집 안에서는 여러 가지 일들이 있었다. 아침 일찍 바이올린맨이 우리 방 문을 두드려서는 삼촌을 불러내었다. 두 사람은 큰 방으로 들어가 한참을 숙덕거렸다. 얼마 후 두 사람은 함께 어딘가로 나갔고, 한 시간 후 바이올린맨이 혼자서 돌아왔다. 다시 한 시간 후에는 삼촌이 어떤 사람과 함께 돌아왔다. 이따금 우리집에 그림자를 비추던 사람이었다. 어두운 얼굴에 어두운 냄새를 몰고 다니는 사람이었다. 세 사람은 큰 방으로 들어가 또 한참을 수군거렸다. 그들이 돌아간 뒤에 바이올린맨이 내게 말했다.

"동우야. 우리 함께 목욕이나 갈까?"

난 목욕 따윈 좋아하지 않았다. 어른과 함께 가는 목욕은 더욱 그랬다. 따가운 때타월로 살갗이 새빨개지도록 문질러대는 아픔이란. 하지만 그날은 어쩐지 거절할 수 없었다. 바이올린맨은 자신의 온몸을 정성스럽게 닦았다. 내 몸에도 더운물을 끼얹고 때를 밀어주었다. 그러나 다른 어른들처럼 윽박지르듯 문지르지는 않았다. 그는 마치, 그러니까, 사포로 바이올린 판을 문지르듯 부드럽게 때를 밀었다. 슥삭슥삭. 성한 왼쪽 손 하나만을 사용한 까닭이었을까. 나는 그와 함께라면 다시 목욕을 와도 괜찮겠다는 생각을 했다.

"그 일을 할 건가요?"

내가 물었다. 바이올린맨은 잠시 머뭇거리더니 대답했다.

"아니. 하지 않기로 결정했어."

"그런데 그 사람은 왜 온 거죠?"

"나를 다시 설득하려고 갑부삼촌이 데려온 거야. 아무 일도 아니라고. 그저 눈 딱 감고 두 달만 병원에 누워 있으면 육백만 원을 벌게 해주겠다고."

"그렇게 쉬운 일이면 지원자가 줄을 섰겠죠."

"그래. 그렇겠지. 아무튼 안 하기로 했다."

바이올린맨은 내 입이라도 막으려는 듯 어깨 위로 뜨거운 물을 끼얹었다. 나는 부르르 떨면서도 할 말은 다했다.

"죽을지도 몰라요. 육백만 원이나 되는 돈을 벌려면 아주 큰 사고를 쳐야 할 테니까요."

"알았다. 알았으니까 그만 하렴."

그는 또 한 바가지의 뜨거운 물을 머리 위로 쏟아 부었다.

목욕이 끝나고 우리는 중국집으로 갔다. 자장면에 군만두까지 한 접시 시켜서 맛있게 먹었다. 바이올린맨은 왼손을 사용했기에 나와 비슷한 시간에 식사를 끝내었다. 휴지로 입가를 닦으면서 그가 빙그레 웃었다.

"목욕을 했더니 동우가 아주 깔끔해졌구나."

"아저씨두요."

나는 기분이 참 좋았다. 이런 시간이 앞으로도 자주 있으면 얼마나 좋을까 싶었다. 상미누나가 눈꺼풀을 비비며 기어나온 것은 우리가 그 모든 일들을 마치고 집으로 돌아왔을 때였다.

땅거미가 내릴 무렵 바이올린맨은 외출 준비를 했다. 말쑥한 옷으로 갈아입고는 노랑 자전거 안장에 엉덩이를 실었다. 나는 혹시 이번에도 그를 따라갈 수 있을까 하는 기대로 물었다.

"또 어딜 가시는 거예요?"

그러나 그는 나를 함께 실을 생각은 없었다. 그저 물끄러미 바라보더니 미소를 머금었다.

"뭐 쓸 만한 일자리가 있나 알아보려고…… 아저씨랑 한 가지만 약속할 수 있겠니?"

"뭘요?"

"동우는 이 다음에 꼭 착한 사람이 되겠다고."

"착한 사람이 어떤 사람인데요?"

"착한 사람이란 건, 그러니까, 노력한 만큼 살아가는 사람이겠지."

"그게 더 어렵네요. 어쨌든 비슷한 사람이 되도록 할게요."

"그래. 아저씨도 그러리라 믿는다. 그럼 다녀오마."

"설마 삼촌을 만나러 가는 건 아니겠죠?"

"아니야."

"우리 삼촌 같은 사람이랑 어울리면 안 돼요. 절대 안 돼요. 아시겠죠?"

"알았어."

바이올린맨은 자전거의 페달을 밟았다. 저녁 어스름 속으로 노랑색 자전거가 멀어져갔다. 그날따라 유난히 반짝이는 듯 보였던 것은 무슨 까닭이었을까. 자전거도, 바이올린맨도. 아주 멀리 흐릿해질 때까지. 목욕탕을 다녀온 까닭이었을까.

그날 밤 나는 자정이 지나도록 혼자였다. 2시가 지나고 3시가 지났을 때도 마찬가지였다. 아무도 돌아오지 않은 것이었다. 바이올린맨도, 윤주누나와 상미누나도, 삼촌도. 깜빡 잠이 들었나 싶었는데 누군가가 술 냄새를 잔뜩 풍기며 들어왔다. 삼촌과 한태형이었다. 그들은 엉금엉금 기다시피 방문을 타고 넘어 들어와 큰댓자로 뻗었다. 그리고는 두런두런 술주정 같은 이야기를 주고받았다.

"나 원 참, 재수가 없으려니까, 별 개 같은 경우가 다 생기는군."

"그러게 말입다. 애당초 그 자식 관상이 더러웠어요."

"아무리 그렇기로서니…… 아 잠깐 눈 한 번 뜨고 말 한마디 해주고 갔으면 얼마나 좋아. 보험금은 윤주에게 주십시오, 하고 말이야. 그럼 그 돈은 모두 우리 몫이 되었을 텐데. 그 말도 못 하고 죽어 자빠졌으니."

삼촌은 기다란 한숨을 내쉬었다. 역겨운 냄새가 방 안 가득 퍼졌다. 나는 토기가 느껴져 입을 틀어막았다.

"바보 같은 자식이 자전거를 너무 빨리 달렸어요. 그러니까 반대편 차선까지 튕겨져 넘어갔죠."

"지 딴에는 이판사판이다 하고 달린 거야."

"하필 그쪽에서 트럭이 달려올 건 또 뭐란 말야, 젠장. 보험금은 몽땅 동생이라는 작자한테 넘어갈 모양이죠."

"그럴 수밖에. 재주는 곰이 부리고 돈은 누가 번다더니, 꼭 그 꼴이 났지…… 그나마 그전에 오백오십을 챙겨뒀으니 다행이야."
 "어떻게 보면 그 인간도 참 안됐어요."
 "지 인생 지가 책임져야지 누굴 원망하겠어."
 두 사람은 군시렁군시렁 몇 마디를 더 주고받다가 잠에 떨어졌다. 반대로 나는 점점 더 정신이 또렷해졌다. 이게 무슨 얘기였을까. 도대체 이들은 무슨 소리 하는 것이었을까. 대화 내용은 어렴풋이 이해가 되었다. 아니, 꽤나 선명하게 이해되었다. 하지만 그건 가슴으로 와 닿지가 않았다. 나는 또 하나의 악몽에 옆구리를 걷어차이는 느낌이었다. 악몽 같은 현실에, 혹은 현실 같은 악몽에…… 우욱. 틀어막았던 목구멍을 뚫고 결국 구토가 올라왔다. 누런 위액 몇 모금이 흘러내렸다. 욱욱거리는 내 구토음은 그러나 두 사람의 코 고는 소리에 짓눌려 제대로 들리지도 않았다.

생선 두름처럼

 바이올린맨의 상여가 나가던 날엔 눈이 내렸다. 하얀 눈이 사락사락 관 뚜껑 위로 쌓였다. 마치 그의 영혼이 얼마나 순수했던가를 증명이라도 하는 듯. 그러는 사이 윤주누나는 침착했다. 누구들처럼 곡을 하지도 않았고, 눈물 한 방울 흘리지도 않았다. 백지장처럼 하얀 얼굴이었지만 두 눈을 똑바로 뜨고 모든 것을 지켜보았다. 장지에서는 새로 만들어진 바이올린맨의 무덤을 다독거리기까지 했다. 흙을 고르게 펴서 두 손으로 꾹꾹 누르며.
 집으로 돌아온 윤주누나는 모든 사람들과 작별 인사를 나눴다. 애당초 계획했던 대로 먼 곳으로 떠난다는 것이었다. 아주 멀리,

어느 누구도 두 번 다시 보지 않을 곳으로. 그녀는 상미누나에게 몇 가지 뒷정리를 부탁했고, 삼촌과도 무슨 얘기인가를 나눴다. 커다란 짐가방을 들고 나와 방문 앞에 세워두고는 나를 불렀다.
"동우는 나중에 어떤 사람이 되고 싶지?"
"착한 사람요."
나는 자동적으로 대답했다. 그러자 윤주누나는 내가 바이올린맨에게 물었던 것과 똑같은 질문을 했다.
"어떤 사람이 착한 사람일까?"
어쩐지 등골이 서늘한 기분이었다.
"노력한 만큼 살아가는 사람이랬어요."
"누가 그랬지?"
"바이올린맨이 가르쳐줬어요."
누나는 까만 눈을 가만히 깜박였다.
"그랬구나. 바선생님이 좋은 걸 가르쳐줬구나…… 꼭 그런 사람이 되겠다고 약속하겠니?"
"네."
우리는 손가락을 걸고 약속했다. 그리고 누나는 잠시 나를 안아주었다.
윤주누나의 마지막 작별 인사 대상은 바로 바이올린맨이었다. 그녀는 혼자서 큰 방으로 들어가 문을 닫았다. 금비를 부르는 소리가 들렸고, 나지막이 몇 마디 얘기 소리도 들렸다. 금비가 두어 차례 갸르릉거리는가 싶더니 조용해졌다.
바이올린맨과의 작별 인사에는 제법 긴 시간이 걸렸다. 오 분이 지나고 십 분이 지나고 다시 십여 분이 지날 때까지도 윤주누나는 큰 방을 나오지 않았다. 상미누나가 갑자기 벌떡 일어나더니 삼촌을 불렀다.

"저 방문 좀 열어봐요. 어서요."

큰 방 안에서는 상미누나의 불길한 예감이 현실로 이루어져 있었다. 윤주누나가 천장에 대롱대롱 매달려 있는 것이었다.

그녀의 목을 휘감은 것은 그녀가 그처럼 정성껏 떠오던 노랑색 털스웨터였다. 그 끄트머리에서 풀려나간 털실 한 가닥이 그녀의 발 밑에서 또 무언가를 붙잡고 있었는데 그건 바로 새끼 고양이 금비였다. 금비는 아직 숨이 넘어가지 않았는지 앞발을 바르르 떨었다. 상미누나와 삼촌이 서둘러 털실을 풀어내렸지만 윤주누나는 이미 뻣뻣하게 굳어 있었다. 사람을 부르고 앰뷸런스를 부르고 부산을 떠는 사이, 삼촌이 한마디를 중얼거렸다.

"줄줄이 엮여들 가는구먼. 꼭 생선 두름처럼……"

화려한 결혼식

이틀 뒤는 이월 십삼일이었다. 형태의 생일이었고, 형태가 시은과 결혼을 하겠다고 청첩장을 돌린 날이었다. 그리고 그날 오후 5시에는 진짜로 결혼식이 시작되었다. 학교 뒷산 공터에서. 호기심 반 협박 반으로 많은 아이들이 모여들었다. 나 역시 큼직한 선물 상자 하나를 챙겨 들고 하객으로 참석했다. 상자 속에는 투명한 비닐 봉지가 있었다. 봉지 속에는 피에 전 금비가 들어 있었다.

금비는 전날 저녁까지만 해도 숨을 쉬던 터였다. 고양이는 아홉 번 죽는다는 얘기가 있더니, 멀쩡하게 살아난 것이었다. 그러나 밤 늦게 금비는 마음을 바꿨다. 내게 부탁했다. 제발 자기를 죽여달라고. 바이올린맨과 윤주누나의 뒤를 따라가게 해달라고. 온몸으로 데굴데굴 구르면서 애원했다. 나는 그의 청을 거절할 이유가 없었다. 주머니칼을 목덜미 깊숙이 꽂아주었다. 그러자 한 가지 생각이 떠올랐다. 그를 결혼식의 선물로 포장하자는 것이었다. 결혼식이 절정에 다다를 즈음 슬며시 선물을 내밀자. 아이들은 질겁을 할 테고, 형태와 떡두꺼비들이 나를 에워싸리라. 그러면 주머니칼을 꺼내어 멋있게 흔들어보이자. 앞으로 뒤로 좌우로, 칼날을 숨겼다 꺼냈다 재주도 부리며. 한두 명쯤 찔러서 피도 보이자. 정 안 되면 내 팔뚝의 피라도. 결국은 붙잡혀서 경을 치르겠지만 최소한 결혼식을 망가뜨릴 수는 있으리라. 그래서 나는 금비를 정성껏 난도질했다. 그리고는 아주 투명한 비닐 봉지에 예쁘게 쌌다.

  결혼식은 그럴듯하게 진행되었다. 주례는 없었지만 사회가 있어서 이런저런 격식을 갖췄다. 형태는 턱시도 비슷한 검은 양복까지 차려입고 있었다. 뒷단이 깊게 갈라져서 무릎까지 내려온 것이었다. 그 아래로 하얀 바지를 입었는데, 다리가 유난히 짧은 탓에 펭귄처럼 보였다. 나는 선물 상자를 만지작거리며 기다렸다. 언제가 적당할지를 가늠하며. 그리고 드디어 때가 왔다. 사회자가 신랑 신부의 입맞춤을 선언한 것이었다. 상자가 열리고 봉지를 묶은 끈이 풀렸다. 이제 던지기만 하면 된다. 그러면 형태는 신부 대신 피에 뒤범벅된 고양이를 끌어안게 될 것이다. 손바닥에 촉촉한 땀이 배었다. 그런데 그때였다. 내 눈이 시은의 무심한 시선과 마주쳤다. 그녀는 아무런 감각이 없어 보였다. 무얼 하는지, 무슨 일이 진행되고 있는지, 왜 자기가 그 자리에 서 있는지, 아무것도 모르는 사람처럼.

  나를 알아본 시은은 빙그레 웃었다. 그러나 그 미소 역시 허공으로 흩어지는 연기처럼 무심하고 허전한 것이었다. 나는 맥이 풀렸다. 온몸의 기운이 쭉 빠져나갔다. 무슨 일일까. 무슨 일이 벌어지고 있는 것일까. 툭 하고 무언가가 떨어졌다. 내 손에 들려 있던 선물 봉지였다. 깜짝 놀라 그걸 다시 집어 들었을 때, 뜻밖의 소리가 어두운 산공기를 갈랐다. 형태의 비명이었다.

"아아아아악!"

형태와 시은은 한덩이가 되어 있었다. 형태는 빠져나가려고 밀치고 있었고, 시은은 그러는 그를 한사코 끌어안고 있었다.

그리고 형태의 입 언저리에서는 뚝뚝 핏물이 떨어지고 있었다. 맙소사! 시은이 그의 입술을 물어뜯은 것이었다.

"아아아아악!"

떡두꺼비들이 달려들어서도 한참이 지나서야 형태는 시은에게서 풀려났다. 그리고도 오랫동안 비명을 질렀다. 입술에서는 녹은 아이스크림처럼 피가 흘러내렸고. 체리나 스트로베리나 뭐 그런 아이스크림처럼. 손가락 틈으로 보이는 그의 입술은 새우깡 하나 길이는 찢어진 듯 보였다.

"아아아아아아악!"

며칠 후 나는 그 도시를 떠났다. 여러 가지 일들이 있었고 상황이 바뀐 터였다. 게다가 상미누나까지 방을 빼버리자 삼촌은 나를 감당할 수 없는 형편이 되었다. 덕분에 나는 외가의 어머니 품으로 돌아갈 수 있었다. 어머니 품으로의 귀환이라. 그건 내게는 기나긴 악몽의 끝을 의미했다. 비로소 비현실이 잠들고 현실이 깨어난 것이었다.

내가 다시 그 도시를 찾은 것은 십여 년이 지난 후였다. 대학생이 되고 군 입대를 하고 첫 휴가를 나왔을 때였다. 그때에야 간신히 악몽의 현장을 돌아볼 용기가 생긴 것이었다. 낡은 시멘트 벽의 이층집은 여전히 그곳에 서 있었다. 야채 가게가 있었던 일층에는 비디오 숍이 들어서 있었다. 비디오 숍의 주인 남자에게 나는 혹시 시은네를 아느냐고 물어보았다. 남자는 고개를 저었다. 그런 이름은 들어보지 못했노라고. 형태와 한태형을 들먹였더니 조금 알은체를 했다. 그러나 많이는 알지 못했다. 형태네는 삼 년 전 자기가 비디오 숍을 시작할 무렵 집을 다른 사람에게 팔았다고 했다. 그리고 어딘가로 떠났다고 했다. 마지막으로 나는 이층으로 올라가는 계단을 밟았다. 야릇한 두려움으로 가슴을 졸이며. 그러나 이층의 내부로 들어가는 출입구는 굳게 잠겨 있었다. 일 분쯤 문을 두드렸지만 마찬가지였다. 아무런 대답도 인기척도 돌아오지 않았다. 굳게 굳게 잠긴 채, 그건 마치 이렇게 말하는 것 같았다. 과거는 없다. 악몽도 없다. 모든 지독했던 기억들은 잊어버리고 현실로 돌아가라. 기다랗게 심호흡을 하고 나는 천천히 계단을 내려왔다.

자 전 소 설

미끄럼을 타고 온 절망

변명이 될 수 있을지 모르겠지만, 그 여름 내 나이는 겨우 스물한 살이었다. 나는 알 수 없는 젊음의 열병에 사로잡혀 남도 지방을 여행하고 있었다. 한 도시에서 우유 배달로 몇만 원을 움켜쥐면 다른 도시로 옮겨가 새로운 풍물을 구경하였고, 돈이 떨어지면 식당 종업원이나 당구장의 볼보이로 침식을 구하였다. 운이 좋을 때면 음악 다방의 견습 디제이 일을 얻어 뮤직 박스에 들어앉을 수도 있었다. 그럴 때면 하루 종일 헤드폰을 끼고서 CCR이나 다이어 스트레이츠를 듣곤 했다. 이유는 한 가지, 현재의 나를 벗어나고 싶다는 것이었다. 아니 그래야 한다는 것이었다. 이십일 년의 삶을 버텨오는 동안 나는 단 한 차례도 내 두 어깨에 지워진 기대들로부터 자유로워져본 적이 없었다. 나는 마치 동물원의 돌고래처럼 좁은 수영장을 돌며 약속된 재주나 부려대는 삶에 절망하고 있었던 것이다.

  그녀를 만난 것은 그렇게 돌아다닌 도시들의 어느 한 골목 룸살롱에서였다. 지하로 내려가는 계단 입구에는 꼬마 색전구들이 주

렁주렁 매달려 반짝이고 있었고, 웨이터를 구한다는 조잡한 광고
문이 붙어 있었다. 일자리가 필요하기도 했지만 보다 강렬하게 나
를 끌어당긴 것은 어두운 계단을 타고 올라온 음악이었다. 그곳에
서는 뜻밖에도 저니의「오픈 암스」가 흘러나오고 있었다. '어두컴
컴한 이곳에 당신과 나란히 누워 당신의 심장 박동을 내 가슴으로
느끼며……' 나는 계단을 내려갔으며 룸살롱의 문턱을 넘어서서
실내를 돌아보았다. 아직 이른 시각인 까닭인지 홀에는 사람이 없
었다. 한 명의 여급만이 무대 위에서 마이크를 붙잡고 노래를 부르
고 있었다. 아니, 노래 부르는 시늉을 하고 있었다. 노래와 음악은
모두 전축에서 재생되고 있었으니까. 그러나 그녀의 모습은 그저
시늉만 하고 있다고 말하기에는 너무 심각하고 진지했다. 그녀는
마치 저니라는 그룹을 끌어안고 그들의 심장 박동을 모조리 느끼
고야 말겠다는 듯 간절하게 두 팔을 벌리고 있었다.

　내가 가까이 다가가도 그녀는 노래를 멈추지 않았다. 나는 그녀
의 허벅지 앞 어디쯤에 멈추어 서서 그녀를 지켜보았다. 그녀는 놀
랄 만큼 가느다란 몸매를 갖고 있었다. 그런데 그 몸매에서는 또
놀랄 만큼 강렬한 매력이 뿜어져나오고 있었다. 아라비안 드레스
를 입은 모딜리아니의 인형 같다고나 할까. 그녀가 한 차례 팔다리
를 휘저으면 옷자락 사이사이에서는 수십 가지 나비와 꽃의 향기
들이 스며나왔다. 노래가 끝날 때까지 나는 그녀를 바라보는 것 이
외의 일은 생각할 수 없었다.

　"어떻게 오셨죠?"

　마침내 노래가 끝났을 때 그녀가 물었다. 그녀는 그제야 내 존재
를 깨달았는지 당황하고 있었다. 나는 입구의 구인 광고를 보고 들
어왔노라고 대답해주었다. 그녀는 뜻밖이라는 듯 두 눈을 고쳐 뜨

고 나를 훑어보았다.
"경험이 있으세요?"
"이런 곳은, 처음입니다."
"이런 곳은…… 아는지 모르겠지만 여긴 웨이터씨 월급이 없어요. 수입이라곤 팁이 고작인데 여름엔 손님도 많지 않아요."
"상관없습니다. 잠자리와 식사만 해결되면 됩니다."
그녀는 눈을 내리깔았다. 나는 그녀가 좋아질 것 같았다. 그녀는 말수가 적어 보였으며 그건 바로 내 취향이었던 것이다. 하지만 그 느낌은 한순간에 나를 불안하게 만들었다. 그녀에 비해서 나는 너무 왜소한 어린애라는 생각이 들었다.
"옥상으로 올라가보세요. 거기 안채가 있어요. 사장님을 만나서 말씀 드리세요."
돌아서기에 앞서 나는 그녀와 몇 마디를 더 나누고 싶었다. 노래하는 모습이 너무 아름다웠다든가, 「오픈 암스」는 나 역시 무척 좋아하는 노래다라든가, 혹은 그녀의 이름을 알고 싶다라든가, 하지만 나는 결국 아무 말도 꺼낼 수 없었다.
사장과의 면담은 간단했다. 사장은 옥상의 난간 앞에 놓인 의자에서 거리를 내려다보고 있었는데 그에게서는 세월의 비린내가 풍겼다. 어둡고 습한 세월을 지혜롭게 살아남은 사람에게서 맡을 수 있는 교활과 비겁의 냄새였다. 그의 이두박근은 두텁고 단단해 보였으며 두 눈가는 순종적으로 늘어져 있었다. 마흔이나 되었을까. 나는 그에게 일을 하고 싶다고 말했고 그는 심드렁히 아래위를 훑어보았다. 몇 가지 질문 끝에 그는 내가 숙련된 웨이터는 아니지만 윤이 나게 요령이나 피워댈 위인도 못 된다는 사실을 알게 되었다. 그는 내게 주민등록증을 복사해오도록 지시했다.

그날 저녁부터 나는 그 룸살롱의 가족이 되었다. 내게는 옥상 안채의 왼쪽 끝방이 주어졌다. 절반은 헛간이고 절반은 마루 장판을 깔아놓은 그 방에는 겨울이면 두세 명의 웨이터들이 아늑한 살림을 차린다고 했다. 또 내게는 하루 두 끼의 식사가 제공되었다. 오전이 끝날 무렵에야 겨우 기지개를 켜는 그 집 식구들에게는 오후 1시쯤 먹는 첫 끼니와 5시경의 두번째 끼니가 전부였던 것이다. 두번째 식사가 끝나면 아가씨들은 몸단장에 들어갔고, 나는 지하실로 내려가 영업 준비 작업에 들어갔다. 바닥을 쓸고 닦고, 테이블을 닦고, 냄새가 지독한 곳에다는 쑥을 태웠다. 그러노라면 맥주와 마른안주 배달부가 고개를 디밀었다. 나는 사장이 지시한 일정량이 매일 유지되도록 물건을 받았다.

"영업이 시원찮나 봐요?"

배달부는 나를 탐색하듯 조심스럽게 물었다. 나는 역시 조심스럽게 대꾸해주었다.

"손님이 없어요. 여름이잖아요."

그가 돌아가면 이젠 계단 입구의 꼬마 색전구들에 전원을 연결해야 했다. 매일처럼 불을 밝혔지만 그 전구들은 또 거의 매일처럼 말썽을 부리곤 했다. 마지막 작업은 전축을 켜는 것이었다. 사장의 지시에 따라 나는 주현미와 나훈아의 음반을 올렸다. 아주 가끔은 블론디의 「콜 미」를 얹을 수도 있었다.

그 밖에도 몇 가지 일들이 없지는 않았다. 영업 시간 중에 나는 손님들의 룸으로 술과 안주를 날라야 했으며 달아난 아가씨들도 다시 불러주어야 했다. 그들이 돌아간 다음이면 바닥에 떨어져 짓이겨진 과일 조각들을 치워야 했고, 소파 구석에 처박힌 팬티가 어느 아가씨의 허벅지를 미끄러져나온 것인지도 고민해야 했다. 새벽 3, 4시쯤 영업이 끝나면 뒷정리를 하고 셔터를 내리는 것도 내 일이었다. 하지만 그 모든 일들의 총량은 대수로운 것이 아니었다. 하룻저녁 고작 두세 개의 룸이 찰 뿐이어서 한량처럼 뒷짐을 지고서도 해치울 수 있었던 것이다. 나는 그 정도의 일이라면 하루 두 끼의 식사와 잠자리가 궁색한 대접은 아니라고까지 생각했다. 계절은 아직 여름이었고, 내게는 서둘러서 가야 할 곳도 없었으니까. 여유로운 시간의 대부분을 나는 나의 모딜리아니를 관찰하는 데 할애하곤 했다. 그녀는 여전히 인상적이었고 향기로웠으며 말수가 적었다. 특히 나를 향해서는 아무런 말도 건네지 않았다. 나는 안타까이 그 침묵을 지켜보아야 했다.

며칠이 지나면서 그러나 나는 그곳에서의 생활이 생각처럼 평화롭기만 한 것은 아니라는 사실을 깨닫게 되었다. 갑자기 일이 많아졌다든가 사장이 나를 험하게 대했다든가 하는 따위가 아니었다. 몸을 파는 데 익숙해진 아가씨들과 함께하는 삶이 어떤 것인가를 나는 미처 모르고 있었던 것이다.

옥상 안채의 구조는 너무 단순하여 아무런 상상력의 개입도 허락하지 않았다. 서쪽을 향하여 일렬로 세 개의 방이 늘어서 있었다. 오른쪽에서부터 사장 부부의 방, 아가씨들의 방, 그리고 내가 사용하게 된 헛간 겸 웨이터씨의 방이 있었다. 그러니까 내 방은 북쪽 끝에 위치한 셈이었다. 사장 부부의 방 오른쪽으로는 주방과 간이 샤워장이 설치되어 있었다. 그와 같은 일자형 구조는 모든 사람들에게 공평하게 일몰을 구경시켜준다는 장점은 있었지만 계절별로 달라지는 한반도의 기후와는 아무런 조화도 이루지 못했다. 남동쪽에서 불어오는 여름 바람은 그곳에서는 완벽하게 차단되었다.

일자형 구조의 또 한 가지 단점은 어느 누구에게도 사생활을 보장하지 않는다는 것이었다. 방을 나서면 나는 언제나 벌거벗은 일군의 아가씨들을 맞닥뜨려야 했다. 물론 그건 계절 탓이었겠지만, 그녀들은 옷입기를 좋아하지 않았다. 밤 시간의 짙은 화장과 몸단장을 보상받기라도 하겠다는 듯 낮 시간만큼은 자연으로 돌아가길 원했다. 팬티와 브래지어 차림으로 드러누워 김수희를 들었고, 고스톱을 쳤다. 그녀들은 또 희뿌연 비닐 한 장으로 만들어진 간이 샤워장에서 아무렇지도 않게 물을 끼얹기도 했는데 그럴 때면 그나마 팬티와 브래지어마저 붙어 있질 않았다.

다행스럽게도 나의 모딜리아니는 다른 아가씨들과는 달랐다. 특별한 경우가 아니면 그녀가 속옷 차림으로 돌아다니는 모습은 볼 수 없었다. 그녀는 짤막한 핫팬츠라도 입는 편이었고, 사타구니를 벌린 채 대청 바닥에 널브러지는 일도 없었다. 샤워장을 향할 적에도 커다란 타월로 가슴에서 허벅지까지를 감쌌고, 그 타월로 비닐 칸막이를 가리는 것도 잊지 않았다. 하지만 나를 가장 힘들게 만든 것은 바로 그녀였다. 다른 아가씨들은 설사 칸막이를 열어두고 샤워를 해도 눈길이 가지 않았지만 그녀가 등장하기만 하면 나는 똥 마려운 강아지처럼 시선 둘 곳을 찾지 못하는 것이었다. 괜스레 줄담배를 피기도 했고 난간 앞에 서서 거리를 내려다보기도 했다. 물소리는 또 왜 그리 크게 울렸던지. 아가씨들이 함께 고스톱을 치자고 청할 때마다 내가 사색이 되어 거절했던 것도 사실은 그녀 때문이었다. 그토록 자연스러운 풍광 속에서 나는 감히 그녀에게 다가갈 용기가 없었던 것이다.

닷새가 지나지 않아 한 가지 해결책을 찾았다. 그건 그 세상을 벗어나는 것이었다. 아침에 눈을 뜨면 곧장 거리로 나섰다. 대략 9시나 10시경이었는데, 그 시간이면 그녀들은 모두 개구리처럼 두 다리를 벌리고 잠에 빠져 있었다. 나는 골목골목을 누비기도 했고, 교회나 유치원의 마당에서 나무 그늘을 찾기도 했다. 근처에 강이나 개울 따위가 있었다면 좋았겠지만 아쉽게도 그런 건 찾을 수 없었다. 오후 1시쯤, 첫 끼니 시간이 되면 나는 옥상으로 올라갔다. 식사가 끝나면 다시 살그머니 빠져나와 나만의 거리로 돌아갔다.

"자넨 밖에 여자 친구라도 만들어둔 모양이지?"

한번은 밥숟가락을 놓자마자 신발을 신는 나에게 사장이 말했다. 그는 벌써 식사를 끝내고 두어 명의 아가씨들과 고스톱판을 벌이고 있었다. 이제는 누구도 내게 고스톱을 청하지 않았다. 나는 그저 멋쩍게 웃어주고는 밖으로 나왔다.

그러나 바깥 거리를 헤매고 다니는 동안도 내 생각은 여전히 그곳 옥상 위의 작은 세상에 머물러 있었음은 아무도 알지 못했다. 나는 내 삶이 처음 맞닥뜨린 기묘한 세상의 사람들에게 매료되어 있었다. 그들에게는 삶이 순간순간의 장면들로만 이루어져 있었다. 과거나 미래도 없었고, 계획도 없었다. 시간이라는 것 자체가 실종되고 없었다. 적어도 그렇게 보였다. 함께 누워 김수희를 열창할 친구가 있으면 좋았고, 화투가 있으면 좋았고, 밤 시간을 책임지고 팁까지 안겨줄 손님이 있으면 좋았다. 다른 건 아무런 의미가 없었다. 나는 십여 년의 교육으로 복잡하게 뒤엉킨 내 교양을 원망했다. 그리고 그녀는, 나의 모델이 아니는, 내 생각을 그곳에 묶어두는 수문장이었다. 그녀가 떠오를 때면 나는 괜히 얼굴이 붉어졌다. 그녀가 그곳에 어울리는 사람이라고는 선뜻 인정할 수 없었다. 하지만 다른 한편으로는 그곳을 가장 화사하게 밝히는 인물이 바로 그녀 같기도 했다. 그녀는 그곳이 곧 세상이며 세상이 바로 그런 곳임을 내게 가르쳐주려는 사람 같았다. 나는 몽상 속에서 조금씩 조금씩 그녀에게 다가갔지만 그녀는 오히려 멀어지고 있었다. 그녀는 두 팔을 벌렸지만 그건 나를 향한 것이 아니었고, 내 간절한 눈빛을 싸늘한 침묵으로 외면하곤 했다. 나는 스스로 경멸스러워질 지경이었다. 그때까지 여자와 잠을 자본 일이 없었다는 사실은 또 얼마나 수치스레 여겨졌던가. 그런 생각들에 빠져 있었으니 내가 낮 시간을 옥상의 작은 세상에서 보낸다는 것은 요원한 일이었다.

단체 피서가 결정된 것은 두 주일이 지난 어느 날이었다. 아침인지 점심인지 모를 식사를 마친 자리에서 사장은 사흘 후인 일요일부터 이박 삼일 간 바캉스를 갖겠노라고 선언한 것이었다. 장소는 대천해수욕장이라고 했다. 아가씨들은 환호성을 올렸고 사장은 산타클로스처럼 흐뭇한 미소를 머금었다.

"어때. 자네도 함께 갈 텐가?"

그가 내게 그렇게 묻지만 않았더라면 아마 나는 당연히 함께 가는 줄로 생각했을 것이었다. 우린 한가족이었으니까. 하지만 불쑥 던져진 그 질문이 나를 불확실하게 만들었다. 나는 머뭇거리며 이마를 문질렀다.

"글쎄요, 이박 삼일 간이라구요……"

사장은 나를 바라보았다. 사장뿐 아니라 그 자리에 모인 모든 눈들이 내게 모여들고 있었다. 어색한 침묵이 찾아왔다. 나는 시선을 떨어뜨리고 목덜미의 땀을 닦았다. 그들의 눈길이 내게 요구하는 것은 무엇이었을까. 그들은 내가 함께 가길 원했을까, 그렇잖으면 빠져주기를 원하는 것이었을까. 어정쩡히 시선을 들다가 나는 그녀, 모딜리아니와 눈길을 마주쳤다. 그녀는 보일 듯 말 듯 코웃음을 짓고는 고개를 돌렸다. 그건 아주 짧은 순간의 작은 일이었지만 내 기운을 꺾기에는 충분했다. 나는 그들이, 혹은 적어도 그녀는, 나의 동행을 원치 않는다고 생각하지 않을 수 없었다. 하기야 젊고 발랄한 아가씨들의 피서에 덜떨어진 총각 혹 하나가 붙어 보기 좋은 일도 없지 않겠는가.

"사실은 따로 하고 싶은 일이 있습니다."
사장은 여전히 의중을 알 수 없는 눈빛으로 고개를 끄덕거렸다.
"좋도록 하게."

그때부터 이틀 동안 그들은 드물게 부산했다. 음식도 장만했고 피서에 필요한 물건들도 샀다. 수영복을 입어보고 서로 품평회를 여는가 하면 선글라스를 끼고 평상에 눕기도 했다. 선탠 로션을 바르고는 부지런히 몸을 굴려대었다. 마치 그날을 위하여 일 년을 기다려온 사람들 같았다. 나는 그 부산함에 끼지 않은 게 다행스러웠지만 가끔은 아쉬운 기분이 들기도 했다. 그들과 어울려 함께 부풀어올라보는 것도 나쁜 일은 아니었을 텐데…… 그런 곳 그런 분위기에서라면 좀더 자연스럽게 모딜리아니와 가까워질 수도 있을 텐데. 낮 시간을 늘 거리에서 보내었던 탓에 나는 그녀에게 말을 건넬 기회를 잡기가 쉽지 않았던 것이다.

따로 하고 싶은 일이 있다던 얘기도 빈말은 아니었다. 그들이 떠나자 나는 곧장 두어 블록 떨어진 길모퉁이의 화실을 찾아갔다. 하릴없이 거리를 배회할 적이면 나는 곧잘 그 화실 앞에서 아폴론과 시저의 소묘들이 나붙은 창유리를 올려다보았다. 그러면서 익숙하게 목탄을 움직이는 내 모습을 그려보곤 했다. 심경의 평화와는 무관히 그 무렵 나는 내 삶에서 무언가가 결핍되어 있음을 절실히 느끼고 있었던 것이다. 화실 원장은 친절한 영혼의 소유자였다. 오랫

동안 그림을 벗해온 사람은 모두 저렇게 될까 싶을 정도로 깊고 잔잔해 보였다. 서울을 떠나온 이후 처음으로 나는 내 형편을 설명했다. 많은 말을 하지 않았지만 그는 나를 이해해주었다. 그곳에서 그림을 배우고 싶다는 부탁도 기꺼이 들어주었다. 나는 이전의 도시에서 식당 종업원 일을 하며 벌었던 마지막 비상금 이만 원을 꺼냈다. 그는 그 돈으로는 어차피 한 달 치 수강료도 되지 않으니 넣어두라고 말했지만 나는 제발 받아달라고 우겼다. 그는 내 자존심을 생각해선지 받아주었다. 하지만 그 후 한 달 반 동안 그가 내게 베풀어준 배려는 아무리 많은 돈으로도 계산할 수 없을 만큼 고마운 것이었다.

그 이박 삼일 동안 나는 잠시도 화실을 떠나지 않았다. 아그리파와 아리아스와 줄리앙을 그렸다. 투구를 쓴 여인도 그렸다. 그 중에서도 특히 나를 사로잡은 것은 줄리앙이었다. 그 얼마 전에 나는 스탕달의 위대한 소설 『적과 흑』을 읽은 터였고, 줄리앙 소렐이라는 위선적인 영웅에 흠뻑 젖어 있었던 것이다. 줄리앙이라는 석고상이 과연 그 소설의 줄리앙인지 어떤지는 확인할 길이 없었지만 나는 아마 그럴 것이라고 믿기로 했다. 원장은 내가 그 공간을 마음껏 사용할 수 있도록 허락해주었다. 틈틈이 데생 방법도 가르쳐주었고, 4B 연필을 움켜쥔 지 겨우 서너 시간이 지난 초보생이 감히 줄리앙을 그리는 것도 허락해주었다. 밤이 깊어 달빛도 사라지면 나는 화실 한 귀퉁이의 골방에서 새우잠을 잤다. 몸은 피곤했지만 내 영혼은 한없이 행복했다. 몇 달 만에 비로소 나는 가족을 그리워했고, 꿈속에서 그들을 만났다. 서울에 두고 온 친구들도 생각했다. 물론 그 언저리에는 언제나 모딜리아니의 가녀린 조상도 걸쳐져 있었다.

그들이 피서지에서 돌아왔을때 나는 한결 건강해져 있었다. 내 삶의 이지러진 모퉁이에서는 파릇한 새싹이 돋아나고 있었고, 나는 다시 세상을 사랑할 수 있을 것만 같았다. 정확히 무엇인지는 알 수 없었지만 세상에는 돌고래 쇼보다 아름답고 의미있는 방식의 삶도 존재할 법해 보였다. 또 나는 그녀에게 보다 솔직한 관심을 가질 수도 있을 것 같았다. 그녀는 여전히 냉정했지만 그게 그녀에 대한 나의 호감을 가로막을 이유는 없지 않겠는가.

그날 밤엔 손님이 일찍 끊어졌다. 두 개의 룸에 두 팀의 남자들이 들어왔지만 일찌감치 돌아갔다. 자정이 넘어서자 이제 더 이상의 손님은 찾아올 것 같지 않았다. 아가씨들은 가게 맞은편의 라면집으로 밤참을 먹으러 가기도 했고 홀의 테이블에서 화투패를 떼기도 했다. 나의 모딜리아니는 무대 위에서 전자 오르간을 만지작거리고 있었다. 조심스럽게 몇 개의 건반을 눌러서 「오픈 암스」를 연주하고 있었다. 그녀는 곧잘 엉뚱한 음을 눌렀지만 몇 번의 시행착오를 거쳐서 정확한 음을 찾아내곤 했다. 언젠가 나는 우연히 그녀의 꿈을 엿들은 적이 있었다. 연수라는 아가씨와 나른한 잡담을 나누는 중이었는데, 그녀는 피아노를 배워 교습소를 여는 게 소망이라고 말했다. 그래서 아이들을 가르치며 아이들처럼 살고 싶다고. 연수라는 아가씨는 깔깔거리고 웃었지만 나는 괜히 눈물이 돌았다.

「오픈 암스」가 가까스로 절반에 다가갈 즈음 나는 무대로 올라가볼 생각을 했다. 건반에 매달린 그녀는 가장 소박하고 무장 해제된 모습이었고, 그런 그녀에게 말을 붙인다면 적어도 찬 서리는 맞지 않으리라 기대한 것이었다. 화투패에 열심인 두 명의 아가씨들을 곁눈질해보며 나는 슬금슬금 무대 쪽으로 다가갔다. 그런데 내가 거의 무대에 다다랐을 때, 계단 쪽이 소란스러워졌다. 쿵쾅거리는 남자들의 구둣발 소리가 들려왔다. 나는 재빨리 입구로 달려가 공손하게 허리를 굽혔다.

"어서 오십시오!"

들어선 남자들은 모두 다섯 명이었다. 하지만 그들은 예사롭지 않았다. 다른 손님들은 들어서기가 무섭게 구석진 밀실과 아가씨를 찾았는데 그들은 홀의 한가운데 테이블을 차지하고 앉았다. 그것도 모두 함께 앉는 게 아니라 한 남자만 앉았고 나머지는 양쪽으로 갈라 섰다. 영화 속의 호위 무사들처럼. 패를 떼던 아가씨들은 기가 죽어 조용해졌다. 모딜리아니만이 여전히 무대 위에서 오르간 건반을 눌렀다. 그러나 그녀의 연주에서도 작지 않은 동요가 느껴졌다. 나는 일단 다섯 개의 물수건과 메뉴판을 들고 앉아 있는 남자에게로 갔다.

"주문하시겠습니까?"

"맥주 가져와."

남자는 씹어뱉듯 말했다. 그의 나이는 고작해야 나보다 네댓 살 위로 보였다.

맥주와 기본 안주를 테이블에 내려놓고 나는 다시 입구로 돌아가 섰다. 무언가 심상찮은 일이 벌어질 조짐이었지만 내가 할 수 있는 대비라고는 그것뿐이었다. 앉은 남자는 맥주를 들이켰고 그의 왼쪽에 선 남자는 열심히 잔을 채웠다. 패를 떼던 아가씨들은 여전히 화투를 나누고 있었지만 그건 그러고 싶어서 하는 몸짓이 아니었다. 패라도 계속 떼지 않으면 더 무서운 일이 벌어지리라 두려워하는 모습들이었다. 모딜리아니는 벌써 몇 번째인지 '그래서 난 이제 당신에게로 왔어요'라는 부분을 연주하고 있었다. 고장난

레코드처럼, 커졌다 작아졌다 부르르 떨리기도 하는 소리로. 설사 앞으로 십 년쯤 피아노를 치지 않더라도 그녀는 그 부분을 완벽하게 기억할 것이었다. 난 차라리 음악을 크게 틀어버릴까도 생각했지만 좀더 지켜보기로 했다.

그렇게 얼마나 지났을까. 앉아 있는 남자가 불쑥 맥주병을 집어 던졌다. 두 아가씨들이 앉아 있는 테이블을 향해서였다. 맥주병은 다행히 그녀들을 비켜 지나가 벽면에 부딪혔다. 유리 조각과 술이 사방으로 튀었고 아가씨들은 비명을 질렀다. 남자는 그녀들에게 욕지거리를 퍼부었다.

"야이 쌍년들아. 손님이 오셨는데 거기서 그렇게 화투장이나 만지작거리고 있을 거야? 그게 네년들 직업이야? 발딱 일어나서 가랑이를 벌리란 말이야."

나는 청소 도구를 들고 맥주병이 깨어진 곳으로 갔다. 유리 조각들을 쓸어 담고 걸레질을 했다. 그러는 사이에도 남자는 욕지거리를 멈추지 않았다. 그러자 왼쪽에 서 있던 남자가 다른 한 명에게 눈짓을 보냈다. 지시를 받은 남자는 무대 위로 올라가더니 모딜리아니에게 공손하게 허리를 숙였다. 그는 아마 그녀를 자신의 보스에게로 모셔가려는 모양이었다. 그러나 모딜리아니는 그에게 눈길조차 주지 않았다. 별수 없이 그는 자리로 돌아왔고, 왼쪽의 남자는 앉아 있는 남자에게 결과를 알렸다. 전자 오르간은 계속 '그래서 난 이제 당신에게로 왔어요'를 연주하고 있었다.

"야, 너, 이리 와봐."

마침내 내 차례가 되었다. 앉아 있는 남자가 나를 불렀다. 사정은 알 수 없었지만 나는 내가 해야 할 일 정도는 알 것 같았다. 유리 조각들을 쓸어 담다가 얼핏 나는 사장을 보았는데 그는 출구 밖

미끄럼을 타고 온 절망 **155**

벽에 몸을 숨기다시피 하고 있었다. 내 눈길과 마주치자 손가락 하나를 입술에 붙이고는 사라져버렸다.
"맥주 맛이 이게 뭐야. 이 새끼야, 누가 널더러 병뚜껑을 따래. 김빠진 맥주에다 물까지 타서 내놓는 걸 내가 모를 줄 알아?"
그는 나를 타작하기 시작했다. 뺨을 갈기고, 주먹으로 명치를 때리고, 구둣발로 허벅지를 찍고. 술이 꽤 취했음에도 불구하고 그의 손찌검은 매서웠다. 게다가 그의 부하들은 내가 웬만큼 멀어지려 하면 다시 밀어다 두목 앞에 세웠다. 나는 아픈 소리를 내지 않기 위해 입술을 깨물어야 했다. 한 벌뿐인 내 셔츠와 바지는 엉망이 되고 말았다. 내가 세번째인가 쓰러져 무릎을 꿇었을 때 모딜리아니의 목소리가 들렸다.
"그만 돌아가세요."
그녀의 목소리는 작지만 단호했다. 나를 때리던 남자는 손길을 멈추고 그녀를 바라보았다. 그들은 잠시 눈싸움을 벌이는 듯했다. 남자는 사뭇 진지하게 눈동자에 힘을 주었지만 그녀 시선의 투명한 벽을 무너뜨리진 못했다. 그녀가 말을 이었다.
"그만 돌아가세요. 그리고 분명히 기억하세요. 다시 한 번 여길 찾아오면 전 죽어버리겠어요."
그녀는 무대에서 내려와 홀을 가로질러 나가버렸다. 그것으로 사건은 종결되었다. 그녀가 사라지자 다섯 남자들은 썰물처럼 빠져나간 것이었다. 그제야 기지개를 켠 두 아가씨들의 불평을 통해 나는 그들이 그 도시 뒷골목 회장님의 아들 일행이라는 사실을 알 수 있었다.
잠시 후 현장에는 없었던 한 아가씨가 나타나 사장의 전갈을 전했다. 그날 영업은 그것으로 끝이라고 했다. 아가씨들은 모두 옥상으로 올라가버리고 나는 셔터를 내렸다. 홀을 정리하고 셔츠에서 뜯겨나간 두 개의 단추를 찾는 데는 이십여 분이 걸렸다. 하지만 나는 아직 잠자리에 들 형편이 아니었다. 단벌 유니폼인 셔츠와 바지를 다음날 다시 입으려면 미리 빨아두어야 했던 것이다. 옥상의 불은 모두 꺼져 있었다. 셔츠와 바지를 벗어 들고 나는 조용히 간이 샤워장으로 향했다. 소리 나지 않게 물을 붓고 비누를 풀고, 비누가 옷자락으로 스며들기를 기다리며 담배 한 개비를 물었다. 그런데 그때 어디선가 두런거리는 말소리가 들려왔다. 아가씨들이 잠자는 가운뎃방에서였다. 그녀들은 누군가를 흉보고 있었다.

"그래가지구야 어디 가서 밥이라도 빌어먹겠어? 자기가 무슨 영화 주인공이나 되는 줄 아는지."

"원래 동작이 굼뜨잖아. 맥주 한 병 갖고 오는데도 온갖 폼을 다 잡고 황소처럼 느릿느릿하니."

"거기서 그렇게 인상 쓰면서 맞고만 있을 처지냔 말이야? 죽는 시늉을 하며 빌어야지…… 처음부터 그랬어. 웨이터가 조금만 분위기를 맞췄더라도 그렇게까지 험악하진 않았을 거야."

"누가 아니래. 사장님은 어쩌자고 저런 달팽이를 채용했는지 몰라."

그녀들의 굼뜬 달팽이가 누구를 가리키는 것인지는 뻔한 일이었다. 나는 아주 조용히 일어나 계단을 내려갔다. 살롱의 깜깜한 홀을 지나 주방으로 들어갔다. 그리고 한구석에 쪼그리고 앉았다. 두 뺨으로는 눈물이 흘러내리고 있었다. 그 몇 달 동안 많은 일을 겪었지만 눈물이 흐르기는 처음이었다. 나름대로는 그녀들을 성의껏 대했고 그녀들에게서 호의적으로 받아들여지기를 기대했는데 뜻밖에도 그녀들은 모든 비난을 내게 퍼붓고 있었던 것이다.

계단을 내려오는 조심스런 발소리가 들린 것은 몇 분이 지나지 않아서였다. 홀 입구의 작은 불이 켜졌다. 나는 숨을 죽였다. 그러나 발소리는 결국 내가 쪼그리고 앉은 주방까지 찾아오고 말았다. 나는 모딜리아니의 어색한 시선을 올려다보아야 했다. 그녀는 한숨을 내쉬고는 주저앉았다. 우리는 두어 걸음 사이를 두고 비스듬히 마주 보게 되었다. 나는 너무 창피해서 눈물을 닦을 생각도 들지 않았다. 한참 만에 그녀가 퉁명스레 말했다.

"룸도 많은데 하필이면 주방 구석에서 이러고 있어요?"

그 말을 듣자 나는 문득 웃음이 나왔다. 그녀도 장난스럽게 웃었다. 그제야 나는 눈가를 문지르고 담배에 불을 붙일 수 있었다. 그녀도 내게서 담배와 성냥을 건네받고는 기다랗게 연기를 내뿜었다. 그녀는 그날 밤의 일을 사과했다. 그런 사태가 발생한 것은 전적으로 자기 때문이었노라고. 나는 그런 일은 마음에 두지 않아도 좋다고 말했다. 그러자 그녀가 덧붙였다.

"여기 아가씨들이랑 사이좋게 지낼 생각은 포기하세요. 웨이터 씨랑은 코드가 틀리니까요."

"제가 뭘 잘못했습니까?"

"여긴 워낙 폐쇄적인 곳이라 외부에서 들어온 사람들과의 관계는 두 가지밖에 없어요. 친구 아니면 적이 되는 거죠."

"친구가 되려면 어떻게 해야 하나요?"

"간단해요. 이십사 시간을 몽땅 함께 사는 거예요. 혼자서 일찍 일어나지도 말고, 거리로 산책을 나가지도 말고, 고스톱판이 벌어지면 웃통을 벗고 끼어들고, 아가씨들 팬티가 드러나 보인다고 눈길을 돌리지도 말고……"

"바캉스도 함께 가구요?"

"바캉스도 함께 가구요."

"하지만."

"알아요. 댁 같은 사람에게는 그처럼 끔찍한 고문이 없을 테죠. 그러니까 포기하라는 거예요."

그녀는 내 눈을 빤히 쳐다보더니 담배 연기를 빨아들였다.

"학생이죠?"

나는 더 이상 그녀에게 끌려다닐 수만은 없었다.

"그 남자랑은 어떤 관계인지 물어봐도 될까요?"

"아무런 관계도 아니에요."

그녀는 여전히 장난스럽게 웃으며 고개를 저었다.

"그럼 이상하군요. 아까 그 사람이 술을 마시는 동안 계속 '그래서 난 이제 당신에게로 왔어요'라는 부분을 연주했잖아요?"

"그래서 난 이제 당신에게로 왔어요? 그게 뭐죠?"

"「오픈 암스」의 가사 말입니다."

"난 가사의 뜻은 몰라요. 그냥 따라서 흥얼거릴 뿐이에요."

나는 그녀를 이끌고 무대로 올라갔다. 전자 오르간의 스위치를 넣고 그녀가 고장난 레코드처럼 되풀이했던 부분을 들려주었다. 그랬더니 그녀는 두 눈을 동그랗게 떴다.

"피아노를 칠 줄 아는군요!"

"엉터리예요. 기타를 조금 치는데 그 지판을 피아노 건반으로 어설프게 옮길 정도죠."

"아주 엉터리는 아닌 것 같은데요. 부탁이에요. 저도 좀 가르쳐 주세요."

"남을 가르칠 정도는 아니에요."

"부탁이에요. 네?"

내 얄팍한 실력으로 그녀를 가르친다는 건 예의에 어긋나는 일이었다. 하지만 열의에 찬 그녀의 두 눈을 보며 무작정 거절한다는 건 더 무례한 일 같았다.

이튿날부터 그녀는 내 제자가 되었다. 친구를 갖고 싶었던 내게 그건 좀 엉뚱한 선물이었다. 하지만 아무튼 대단한 일이었다. 나는 그녀를 가까이서 느낄 수 있게 되었고 그녀와 제법 다정한 대화도 나눌 수 있게 되었던 것이다. 더구나 우린 모두 사람들 눈에 띄는 걸 원하지 않았기에 영업이 끝난 후라든가 아침 이른 시각을 이용하곤 했는데, 어둡고 조용한 공간 속에서 그녀와 단둘이 호흡을 맞출 적이면 나는 내 여행이 시작된 이유는 바로 그 순간에 있지 않았나 생각할 정도였다. 그녀는 성실하고 예민한 제자가 되어 스승의 가르침에 귀를 기울였다. 나는 각각의 장조가 세 개의 화음 코드를 가지고 있으며 각 장조의 나란한 조라고 불리는 단조들이 또 세 개씩의 화음 속에서 이루어지노라고. 그 여섯 개의 화음들이 어떻게 서로 연결되며 빠져나가는가를 느낄 수 있게 되면 노래를 이해하는 건 훨씬 쉬운 일이 되노라고. 그녀는 신기한 듯 눈동자를 굴렸다. 건반들을 누르며 화음의 움직임을 느끼려 애썼다.

오래지 않아 그녀는 두 손을 모두 사용해서 오르간을 칠 수 있게 되었다. 왼손으로 삼박자의 왈츠 리듬을 누르며 「오픈 암스」의 시작 부분을 연주할 수 있게 되었다. 그녀는 스스로 진보에 감격해서 눈물을 흘렸다.

"맙소사. 이젠 정말 악기를 연주하는 기분이 들어요. 이 보답을 어떻게 하죠?"

물론 내게는 보답 같은 건 필요 없었다. 그녀와 시간을 함께 보낼 수 있다는 사실만으로도 나는 충분히 행복했던 것이다. 그녀 역시 그 점을 모르지는 않았을 것이었다. 하지만 그녀를 제자로 삼은 이후로 내게는 현실적인 반대 급부가 돌아오지 않은 것도 아니었다. 언제부턴가 그녀는 술손님이 나갈 적이면 그들의 어깨를 붙들며 코맹맹이 소리로 앙앙거리곤 했다. "웨이터씨 수고하는데 팁 조금만 주고 가. 응 오빠." 그러면 더러는 오백 원이나 천 원을 그녀에게 건네주었다. 그녀가 그러자 다른 아가씨들도 가끔씩 나를 챙겨주었고, 덕분에 나는 이삼 일에 천 원쯤의 팁은 만질 수 있게 되었다. 그 돈으로 이백원짜리 라면 야식을 사 먹을 수도 있게 되었고 이틀에 한 갑씩 청자 담배도 사 피울 수 있게 되었다.

두세 주가 지나면서 사람들은 우리 관계를 눈치 채게 되었다. 특별한 관계가 있었던 건 아니지만 아무튼 그녀와 내가 함께 오르간을 친다는 사실을 알게 되었다. 그들은 그 사실을 유쾌해하지 않았다. 더러는 드러내놓고 빈정거리기도 했다. 사장은 내게 무거운 헛기침을 했고, 의심 많은 그의 아내는 부엉이 같은 눈으로 나를 노려보았다. 나는 그녀에게 오르간 교습을 좀더 조심스럽게 해야 하지 않겠는가 물었다. 차라리 공개적으로 초저녁의 손님 없는 시간을 이용한다거나. 다른 사람들 눈에 대단한 비밀이라도 있는 것처럼 행동할 필요는 없지 않겠는가. 하지만 그녀는 개의치 않았다. 오히려 더 빈번하게 교습을 요구했다. 영업이 끝난 새벽마다, 그리고 이른 아침 눈을 뜨자마자. 심지어는 몸을 가누지 못할 정도로 취한 새벽에도 그녀는 나를 끌어다 오르간 앞에 앉히곤 했다. 그때는 미처 알아차리지 못했지만 그녀는 아마 나보다 많은 것을 내다보고 있었던 듯했다. 우리의 은밀한 교습이 머지않아 끝날 운명이며 또한 다시는 돌아오지 못할 운명이라는 것을, 그때 이미 그녀는 감지하고 있었던 게 아닐까.

어느 날 아침 교습이 진행되고 있었을 때 그녀는 내 나이를 물었다. 내가 스물한 살이라고 대답하자 그녀는 피식 웃었다. 자기가 두 살 위니 누나인 셈이라고 말하더니 서로 말을 놓는 건 어떻겠느냐고 물었다. 물론 둘이 있을 때만. 나로서는 거절할 이유가 없었다. 우리는 멋쩍게 말을 텄다. 그리고 그녀가 다시 물었다.
"그런데 넌 어쩌자고 이런 바보짓을 시작한 거야?"
"바보짓이라니?"
"떠돌이 무전 취식객 노릇 말이야."
난 그녀에겐 무엇이든 솔직해지고 싶었다. 그래서 한숨을 쉬었다.
"내 삶이 어디로 가고 있는지 도무지 알 수 없었어. 구태여 어딘가로 가야만 하는 것인지도. 삶이 시작되자마자 난 좁다란 계단을 오르고 있었거든. 끝이 없이 이어진, 게다가 오르는 것 말고는 아무런 다른 일도 생각해낼 수 없는 계단을."
"그게 그렇게 불만이었어?"
"숨통이 조여들었어…… 다른 방식의 삶이 있을 거라 생각했어. 매일처럼 한두 개씩 정해진 계단을 오르는 것 말고."
그녀는 고개를 저었다.
"누구나 그런 회의에 젖어들 때가 있겠지. 하지만 세상엔 어차피 두 가지 종류의 삶밖에 없어. 매일처럼 한두 개씩 정해진 계단을 오르는 것, 아니면 미끄럼을 타고 한없이 추락하는 것. 물론 두번째 것은 아주 짧게 끝나게 마련일 테고. 그 둘 이외의 무엇이 또 있다면 한결 낭만적인 세상이 될 수도 있겠지만."
"겨우 두 살 위라고 세상을 다 산 사람처럼 얘기할 필욘 없잖아. 그런데 그 미끄럼을 타고 한없이 추락하는 삶이라는 건 어떤 거지?"

내 질문에 그녀는 빙그레 미소지었다. 그리고는 다시 오르간 건반 위에 손가락을 얹었다. 그것으로 끝이었다.

그 무렵 그녀는 내 삶의 전부라고 말할 수 있었다. 오르간 교습 시간은 삼사십 분에 불과했지만 나의 하루하루는 그 시간을 위하여 존재하고 있었다. 그 밖의 시간들에도 사정은 마찬가지였다. 그녀가 아름답게 치장한 밤 시간이면 나는 충성스런 시종이 되어 그녀를 모셨다. 그녀의 부름에 공손하게 고개를 숙였고, 그녀가 담배를 물면 재빨리 성냥불을 켰다. 화실에서 이젤을 앞에 두고 앉았을 때면 또 나는 언제쯤이면 감히 그녀를 그릴 수 있을까 하는 꿈에 젖어들곤 했다. 만약 누군가가 다시 내게 계단을 오르는 것과 미끄럼을 타고 추락하는 것 이외에 어떤 삶이 세상에 존재하는가를 물었다면 나는 망설이지 않고 이렇게 대답했을지도 몰랐다. 그녀를 생각하면 어김없이 찾아오는 내 가슴의 두근거림 같은 삶이 어딘가에 있을 거라고.

그 같은 시간은 그러나 길게 지속될 수 없는 법이었다. 어느 새벽 내가 홀을 정리하고 있었을 때 사장이 들어섰다. 그는 두어 차례 무거운 헛기침을 한 다음 내게 더 이상 홀을 청소할 필요가 없노라고 말했다. 그의 아내가 나를 내보내기로 결정했다는 것이었다. 나는 이유를 물었고 그는 불경기를 탓했다. 요즘 같은 형편에는 한 명이라도 식구를 줄여야 하노라고, 아내가 그렇게 말했노라고. 물론 그건 진짜 이유가 아니었다. 매일처럼 넓은 홀을 청소하고 술손님 시중을 드는 대가로 내가 축내는 것이라곤 비어 있는 방의 먼지 약간과 하루 두 공기의 밥뿐이었으니까.

사장의 결정을 전해 들은 모딜리아니는 담담하게 고개를 끄덕였다. 예감하고 있었다는 듯. 어쩌면 그녀는 나보다 먼저 그 사실을

미끄럼을 타고 온 절망 **163**

알고 있었을지도 몰랐다.

"잘됐어. 어차피 네가 오래 있을 곳은 아니야."

그녀의 무덤덤한 반응은 나를 슬프게 했다. 그런 기색을 감추려고 나는 용감하게 말했다.

"맞아. 사실 너무 오래 있었어. 진작 떠났어야 했는데…… 그런데 네 오르간 교습은 어떻게 하지?"

"상관없어. 네가 섭섭해할까 봐 얘기하지 않았지만 요즘 난 오르간에 싫증을 느끼던 참이야. 늘지도 않고, 별로 소질도 없는 것 같고."

"무슨 소리야. 넌 정말 열심이었잖아."

"그러는 척했지. 그래 이젠 어디로 갈 거야? 다시 더 남쪽으로 내려갈 거야? 여수나 해남으로?"

"글쎄. 어디로든 가게 되겠지. 하지만 어쨌건 넌 피아노를 계속해야 돼. 아이들을 가르치면서 아이들처럼 살고 싶다고 말했잖아. 만약 싫증을 느꼈다면 강사가 엉터리여서일 거야. 난 원래 누구를 가르칠 실력은 못 되거든."

"알았어. 생각해볼게. 남 걱정만 하지 말고 너도 열심히 살아. 나 같으면 이젠 서울로 돌아가고 싶을 거야."

이틀 후 나는 그곳을 나왔다. 들어갈 때처럼 작은 가방 하나를 둘러메고서. 배웅하는 사람들의 표정을 어떻게 읽어야 할지 나는 알 수 없었다. 후련함, 섭섭함, 무관심, 질투 등등이 미묘하게 조금씩 섞여 있었다. 하지만 그곳을 나와서 내가 곧바로 그 도시를 떠난 것은 아니었다. 나는 그림을 배우던 화실로 들어갔다. 사정 이야기를 들은 원장은 내게 화실에 머물면서 그림 공부를 좀더 하라고 말한 터였던 것이다. 형편이 허락하는 대로 언제까지든지. 뿐만 아니라 그는 어느 틈엔지 나의 일자리까지도 알아봐주었다. 그가 자주 드나들던 카페의 여주인에게는 열 살배기 아들이 하나 있었는데 그는 재빨리 그녀를 설득하여 나를 놓치기 아까운 가정 교사로 만들어준 것이었다. 보수가 많은 일은 아니었지만 끼니를 때우고 담배를 사 피우기에는 모자라지 않는 벌이였다. 나는 원장에게 감사하며 열심히 그림을 그렸다.

그렇게 지나가는 하루하루가 편안하기만 한 것은 아니었다. 룸살롱을 나오기는 했지만 화실은 그곳에서 불과 세 블록 떨어진 곳에 위치해 있었고, 내 가슴속에는 여전히 모딜리아니의 모습이 담겨 있었다. 눈을 질끈 감고 오 분만 걸으면 나는 그녀를 만날 수도 있었던 것이다. 실지로 나는 밤늦은 시각 몇 차례 그쪽으로 걸음을 옮긴 적도 있었다. 계단 입구의 꼬마 색전구들이 보일 즈음이면 가슴을 쿵쾅거리며 멈추어 서곤 했다. 행여 그녀의 모습이 보일까 기다랗게 목을 뽑곤 했다. 실지로 한 번은 그녀를 본 적도 있었다. 가느다란 허리에 물빛 원피스를 휘날리는 뒷모습이었다. 나는 두 주먹을 불끈 쥐었다. 그러나 그뿐, 나는 결코 그녀에게 다가갈 수가 없었다. 이유는 알 수 없었다. 특별한 일이 있었던 것도 아니고, 어색한 이별을 나눈 것도 아니었는데.

그녀를 그리겠노라고 결정한 것은 그렇게 십여 일이 지난 저녁이었다. 내 가슴속에는 아직 제법 선명한 그녀의 인상이 남아 있었고, 그게 사라지기 전에 화폭에다 옮겨보고 싶었던 것이다. 나는 어서 밤이 오기를 기다렸다.

마침내 자정이 되고 화실에는 아무도 남지 않게 되었을 때 나는 화판을 뒤집었다. 뒷면에는 내가 새로 준비해둔 새하얀 종이가 붙어 있었다. 조명을 어둡게 하고 우두커니 앉아 나는 그녀를 생각했다. 그녀의 눈빛을 생각했고 기다란 목과 어깨를 생각했다. 그녀는 금세라도 손에 잡힐 듯 그곳에 있었다. 그러나 시간이 흐를수록 그 모습은 모호해졌다. 얼굴의 중심은 어디에 있으며 가로와 세로의 비율은 어떻게 되는가 따위를 생각할수록 그녀의 윤곽은 더 흐려졌다. 나는 새삼 사물을 투시하는 내 직관의 보잘것없음에 절망하였다. 나는 도무지 그녀에게 다가가는 방법을 알 수 없었다. 그녀는 선명하고 구체적인 존재였지만 동시에 가까이 다가갈수록 사라지는 안개와도 같았다. 나는 그녀라는 거대한 늪에서 좌초하고 만 느낌이었다. 그렇게 두 시간이 지났을 때 종이에는 겨우 예닐곱 개의 선이 그어져 있을 뿐이었다. 그건 물빛 원피스를 입고 하늘거리던 그녀의 뒷모습을 닮아 있었다. 혹은 꽃다발을 묶은 나비 리본을 기다랗게 세운 모습 같기도 했다. 나는 바닥으로 내려와 몸을 눕혔다. 새우처럼 꼬부리며 잠에 빠져들었다.

시간이 얼마나 지났을까. 다시 눈을 떴을 때 내 앞에는 그녀 모딜리아니가 앉아 있었다. 나는 얼른 일어나 허벅지를 꼬집었다. 꿈이 아닌 듯했다. 그녀가 빙그레 웃었다. 그녀는 두 무릎을 팔로 감싸 안고 그 위에다 턱을 얹고 있었는데 맥주 냄새가 풍겼다.

"언제 왔어?"

"금방."

그녀는 결코 금방 온 모습이 아니었다. 나는 두 시간 동안 끙끙 앓은 결과가 겨우 나비 리본을 닮은 예닐곱 개의 선이었다는 사실에 안도했다.

"많이 마셨어?"

그녀는 목을 젖히며 화사하게 웃었다.

"조금. 하지만 말짱해. 오늘 무슨 일이 있었는지 알아?"

"무슨 일이 있었어?"

"알아맞혀봐."

그녀가 자랑스럽게 얘기할 일이 어떤 것일까 고민해보았지만 알 수 없었다. 내가 고개를 흔들자 그녀는 실망했다는 듯 뻐죽이 입술을 내밀었다.

"「오픈 암스」를 완주했어. 두 손으로, 한 곳도 틀리지 않고."

"정말 그랬단 말이야? 축하해."

나는 더할 수 없이 기뻤다. 룸살롱을 나오던 날 그녀가 오르간 연습을 그만둘 것처럼 보였던 까닭에 더욱 그러했다. 그녀는 등 뒤에서 소주병을 꺼냈다.

"한 모금 할래?"

술을 잘 못했지만 나는 용기를 내어 몇 모금 마셨다. 목구멍이 싸아해졌고 이젠 꿈이 아니라는 느낌이 확연해졌다. 그녀가 말했다.

"언젠가 미끄럼을 타고 추락하는 삶이 어떤 거냐고 물었지……? 그건 간단해. 계단에서 발을 잠깐 헛디디면 그렇게 돼. 계단 밖은 온통 식용유가 흥건한 미끄럼이거든."

"식용유가?"

"그래. 뭐 다른 종류일 수도 있겠지. 재봉틀 기름이라든가 참기름이라든가. 재밌는 얘기 하나 해줄까. 한 여자 아이가 있었어. 그 앤 삶이 자기에게 요구하는 집착들이 싫었어. 그 앤 그냥 구름 속에서 술래잡기하듯 살고 싶었는데 그렇게 살도록은 허락되지 않은 거야. 그 애가 찾아낸 타협은 그러는 척하자는 거였어. 집착하는 척, 정말 그러지 않으면 살 수 없을 정도인 척. 하지만 쉬운 일은 아니었어."

나는 다시 불확실해졌다. 꿈이 아닌 게 분명한지. 그녀의 눈빛은 바닷가의 노을처럼 아스라해지고 있었다.

"가장 끔찍했던 건 다른 사람들의 집착마저도 받아들여야 한다는 사실을 깨달았을 때였어. 친구와 가족, 특히 엄마의. 엄마는 그 애에게 항상 선명한 존재가 되기를 요구했어. 학교에선 공부를 잘하기를, 그래서 두드러지기를, 학교를 그만두었을 땐 엄마의 미용실에서 미용 기술을 익히기를, 그래서 훌륭한 기술자가 되기를, 손에 잡히는, 그래서 엄마가 다른 사람들에게 우리 딸은 무엇무엇이 오라고 내세울 수 있는 존재가 되기를. 그 집착은 지칠 줄 모르고 이어지는 거야. 점점 더 단단하게. 여자 앤 가능하면 흐릿한 존재로 남고 싶었는데. 게다가 장난삼아 만난 남자 애는 한 달이 지나지 않아 장래를 떠들어대기 시작했어. 결혼하고, 아이를 셋쯤 낳고, 큰애는 법관을 시키고, 둘째는 의사를 시키고, 막내는 바이올리니스트가 어떨까. 그리고는 글쎄 뭐랬는지 아니? 함께 늙어 백발이 되면 서로의 머리를 염색해주자는 거야. 맙소사, 벌써 두 사람이 아교로 접착이라도 된 것처럼 말이야. 그 앤 달아나지 않을 수 없었어…… 지루하지?"

"아니."

나는 진심으로 대답했다. 그녀는 소주병을 기울였다.

"그런데 그건 집을 떠나서도 달라지지 않았어. 점원으로 들어간 양품점의 여주인은 그 애를 친딸처럼 대했어. 십 년이고 이십 년이고 함께 일하다가 자기가 죽거든 가게를 이어가달라고 부탁했어. 그 앤 여주인을 좋아했지만 그런 생각은 견딜 수 없었어. 양품점 옆에는 오래된 세탁소가 있었고 그곳에는 붙박이장처럼 들어앉아 하루 열 시간씩 양복을 다리는 남자가 있었는데 어느 날 그 남자가 이십칠 년째 그 일을 계속하고 있다는 얘기를 듣고 그 애는 점원일을 그만뒀어…… 그리고 몇 가지 일을 더 거치다가, 술 따르는 여자가 되었어."

"집착이랑 제일 거리가 먼 일 같아서?"

"글쎄. 그렇게 생각했겠지. 하지만 그것도 사실과는 달랐어. 술집에는 또 수많은 남자들의 집착이 기다리고 있었거든. 남자들은 툭하면 무릎을 꿇고서는 함께 살자고 애원하는 거야…… 그래서 두 번이나 동거도 해보았지만 사정은 더 나빠질 뿐이었어."

"그런 애가 왜 「오픈 암스」라는 노래는 좋아했을까? 두 팔을 벌린다는 건 누군가를 껴안고 싶다는 얘긴데?"

"그런 뜻인 줄 알았으면 좋아하지 않았을 거야. 그 앤 그걸 껴안았던 사슬을 풀고 자유롭게 한다는 뜻으로 생각했거든…… 오늘 밤엔 참 바보 같은 이야기를 많이 했구나. 그만 가서 자야겠어."

그녀는 비틀거리며 일어섰다. 대화가 중간에서 뚝 잘라진 느낌이었지만 나는 그녀를 붙들 수 없었다. 그녀는 집착을 혐오했으며 오고 싶으면 오고 가고 싶으면 떠나는 자유인이었던 것이다. 내가 할 수 있는 일이라곤 그녀를 부축하여 계단을 내려가 평지에 안착시키는 것뿐이었다. 그러나 그러고서도 그녀는 여전히 비틀거렸다. 거리 쪽으로 두어 걸음 옮기다가 문득 그녀가 고개를 돌렸다.

"여자랑 자봤니?"

"아니."

그녀는 눈살을 찌푸렸다. 어쩐지 그녀를 실망시킨 느낌이 들어 나는 얼른 덧붙였다.

"옛날 여자 친구가 펠라티오를 해준 적은 있어."

그녀는 고개를 저었다.

"난 그건 좋아하지 않아. 숨이 막히거든…… 그런데 이상하지. 네가 다시 찾아오지 않으리란 걸 알고 있었는데도 그게 자꾸 섭섭했어…… 잘 살아."

나는 아무런 대꾸도 할 수 없었다. 그녀를 끌어안고 싶다는 생각으로 두 다리가 떨리고 있었다. 그리고 꿈을 꾸었다. 꿈속에서 나는 다시 룸살롱의 웨이터가 되어 있었다. 그 도시 회장님의 아들이라는 사람이 찾아와 그녀 앞에 무릎을 꿇고 동거를 애원했다. 그녀는 냉담하게 오르간을 두드렸다. '그래서 난 이제 당신에게로 왔어요……' 그러다가 그녀가 말했다.

"다시 한 번 찾아오면 전 죽어버리겠어요." 다음 장면에서 회장님의 아들은 다시 홀을 들어서고 있었다. 그는 또 무대 위의 그녀를 향해 무릎을 꿇었고, 그녀는 정성들여 「오픈 암스」를 완주했다. 연주가 끝나자 그녀는 화실로 나를 찾아왔다. 우리의 대화는 현실과 똑같았다. 현실에서처럼 이야기를 자르고 일어난 그녀는 밤거리를 지나 룸살롱의 홀로 내려갔다. 그녀는 천장의 샹들리에 새끼줄을 묶고 동그란 고리를 만들었다. 그리고는 대롱대롱 매달렸다. 그녀의 시신은 냉담한 미소를 머금고 있었고, 주변으로 맥주 냄새를 풍기고 있었다.

잠이 깼을 때 창밖 아침 거리로는 비가 내리고 있었다. 하늘은 어두컴컴했고 나는 오한을 느꼈다. 나는 그게 꿈이 아니었음을 확신하고 있었다. 그저 꿈이었다고 말하기에는 너무 선명하고 생생했던 것이다. 나는 그곳으로 가보아야 한다고 생각했다. 가서 그녀에게 무슨 일이 있었는지를 확인해보아야 한다고. 그러나 한 시간쯤 어깨를 떤 다음 내가 취한 행동은 가방을 꾸리는 것이었다. 친절했던 화실 원장을 위해 나는 가까스로 종이 쪽지 한 장을 남졌다.

'살아 있다는 게 더 이상 두렵지 않게 되면 다시 찾아뵙겠습니다.'

삼십 분 후 나는 그 도시를 벗어나고 있었다. 행선지도 알 수 없는 여름 버스의 덜컹거림 속에서 나는 두 팔을 감싸 안고 떨고 있었다. 제발 모든 게 꿈이었기를 빌면서. 새벽의 꿈도, 그녀의 방문도, 내가 그 도시에 잠시 머물렀던 기억도, 모두 우중충한 날의 짧은 꿈이었기를 빌면서. 변명이 될 수 있을지 모르겠지만, 그 여름 내 나이는 겨우 스물한 살이었다.

〔『문학동네』 1996년 여름호〕

해설

사랑의 재신화화(再神話化)
―채영주의 마지막 소설집에 부쳐

성민엽

　1988년 겨울에 등단하고서부터 2002년 6월에 타계하기까지 13년 반 동안 채영주는 세 권의 소설집과 다섯 권의 장편소설을 펴냈다. 소설집 『가면 지우기』(1990), 『담장과 포도넝쿨』(1991),[1] 『연인에게 생긴 일』(1997), 장편소설 『시간 속의 도적』, 『크레파스』(1993), 『목마들의 언덕』(1995), 『웃음』(1996), 『무슨 상관이에요』(2002) 들이 그것들이다.[2] 이 목록에 이제 또 한 권의 소설집이 추가되는 것인데, 이것이 아마도 채영주의 마지막 소설집이 될 것이다. 단편소설 1편과 중편소설 1편을 수록한 이 소설집은 엄밀히 말하면 온전한 의미의 유고집이라고 할 수는 없다. 단편소설 「미끄럼을 타고 온 절망」은 『연인에게 생긴 일』에 이미 수록되었던 작품이기 때문이다. 중편소설 「바이올린맨」은 그 전반부가 2002년 여름(그러니까 작가의 타계 바로 직전)에 발표되었고 후반부는 미발표

---

1) 이 책은 장편소설 『담장과 포도넝쿨』을 4편의 단편소설(말미에 첨부된 '후기를 대신하여'는 그 자체로 완결성을 지닌 단편소설이라 할 수 있다. 작가 자신도 「흔들리는 초상」이라는 제목을 붙여주고 있다)과 함께 싣고 있으므로 소설집으로 보는 게 옳겠다.
2) 그밖에도 무협소설과 동화가 있지만 여기서는 논외로 하겠다.

원고 상태로 남아 있었던 작품이므로 유고라고 할 수 있겠다. 그렇다면 이 마지막 소설집을 이렇게 구성한 의도는 무엇일까(이 유고집에는 전반부를 「바이올린맨 1」, 미발표된 후반부를 「바이올린맨 2」로 나누어 싣고 있다). 추측컨대 그것은 「미끄럼을 타고 온 절망」이라는 작품의 특이성에 주목한 때문이리라 생각된다. 이 작품은 1996년 여름에 발표될 당시, '자전소설'이라는 타이틀을 달고 있었다. 뒤에 자세히 살펴보겠지만 채영주 소설에 폭넓게 나타나는 하나의 독특한 구조가 이 작품에도 나타나고 있는데, 작가 자신이 '자전소설'이라는 타이틀을 붙였으므로 아마도 이 작품의 이야기가 비교적 전기적 사실에 가깝지 않겠는가, 라는 짐작이 가능해진다. 그렇다면 공시적으로는 채영주 문학의 원천과 관계되는 정보를 담고 있을지 모르는 이 작품과, 통시적으로는 채영주의 마지막 작품이 되어버린 중편소설 「바이올린맨」, 이 두 작품의 맥락에서 채영주의 소설 세계를 전체적으로 다시 조망해보는 작업이 성립될 것 같고, 이 작업이 채영주의 마지막 소설집에 부치는 글에서 필자가 할 수 있는 일인 듯하다.

「미끄럼을 타고 온 절망」은 일인칭 화자가 스물한 살 시절을 회상하는 형식으로 되어 있다. 화자를 1962년생인 작가 자신과 결부지어 본다면, 회상되는 시간은 1982년경이 된다. 아마도 휴학 중인 대학생일 화자는 '알 수 없는 젊음의 열병'에 사로잡혀 여행 중이다(방랑 중이라고 하는 편이 더 적합할지도 모르겠다). 그는 음악을 좋아하고(씨씨알과 다이어 스트레이츠, 저니의 「오픈 암스」, 블론디의 「콜 미」가 거명된다. 저니의 「오픈 암스」가 이 작품에서 중요한 모티프가 되고 있기에 필자는 이 노래를 인터넷을 통해 다운로드하여 들어보았는데 큰 감흥은 없었다. 역시 젊었을 때 들었던 곡이 아니어서일까), 그림 그리기를 좋아한다. 그는 저니의 「오픈 암스」에 이끌려 한 룸살롱에 들어가고 거기서 '그녀'를 만난다. '그녀'는 「오픈 암스」에 맞추어 노래 부르는 시늉을 하고 있다. 「오픈 암스」와 '그녀'가 그로 하여금 그 룸살롱에서 웨이터 일을 하도록 만든다.

이 작품의, 말하자면 주인공은 그와 '그녀' 두 사람이라고 할 수 있다. 그의 '알 수 없는 젊음의 열병'은 "현재의 나를 벗어나고 싶다는 것"과 관련된다. 이 점을 그는 다음과 같이 독백한다.

〔……〕이유는 한 가지, 현재의 나를 벗어나고 싶다는 것이었다. 아니 그래야 한다는 것이었다. 이십일 년의 삶을 버텨오는 동안 나는 단 한 차례도 내 두 어깨에 지워진 기대들로부터 자유로워져본 적이 없었다. 나는 마치 동물원의 돌고래처럼 좁은 수영장을 돌며 약속된 재주나 부려대는 삶에 절망하고 있었던 것이다.

'현재의 나'라는 것은 말하자면 타자의 욕망을 욕망하는(혹은, 타자의 욕망의 대상으로 '나'를 제공하는) '나'라고 할 수 있다. 그 '나'를 벗어나기 위해 그는 집을 떠나 방랑하는 것이지만 그렇다고 다른 '나'(즉, 주체의 진정한 욕망)를 아직 찾지는 못한 상태이다. 이 점은 '그녀' 역시 마찬가지이다. '그녀'는 삶이, 그리고 타인(친구와 가족, 특히 엄마)이 그녀에게 요구하는 '집착'을 벗어나기 위해 가출했고, 그렇지만 양품점 점원 일을 할 때부터 룸살롱에서 술 따르는 일을 하는 지금에 이르기까지 여전히 타인의 집착을 벗어나지 못하고 있다. 어느 의미에서 그와 '그녀'는 분신의 관계인 것처럼 보이기도 한다.

룸살롱 식구들이 피서를 떠났을 때 혼자 남은 그는 근처 화실에서 그림을 그리면서 심정의 변화를 느낀다. "내 삶의 이지러진 모퉁이에서는 파릇한 새싹이 돋아나고 있었고, 나는 다시 세상을 사랑할 수 있을 것만 같았다"라고 그는 독백한다. 기실 이 변화는 그림 그리기에서만 비롯된 것은 아니다. '그녀'의 존재, 그리고 시간적 순서는 바뀌어 있지만 '그녀'와의 관계가 그 변화의 주된 원인이다. 「오픈 암스」를 전자오르간으로 연주하는 법을 가르치고 배우면서 두 사람 사이에는 점점 교감이 깊어진다. 그 교감의 관계에 사랑이라는 이름을 붙인다면, 이 사랑은 그러나 이루어지지 못하도록 예정되어 있는 사랑이다. '그녀'에게 집착하는 '그 도시 회장님의 아들'이라든지 두 사람의 관계를 질시하는 룸살롱 식구들도 이유가 되겠지만 무엇보다도 두 사람 사이에는 결정적인 차이가 있는 것이다. '그녀'는 '정해진 계단을 오르는 삶'과 '미끄럼을 타고 추락하는 삶' 두 가지밖에 없다고 생각하는 데 반해 그는 다른 삶이, 이를테면 "그녀를 생각하면 어김없이 찾아오는 내 가슴의 두근거림 같은 삶"이 가능할 거라고 생각한다. 이 차이는 「오픈 암스」에 대한 해석에서도 그대로 나타난다. 「오픈 암스」는 두 팔을 벌린다는 뜻이고 그것은 누군가를 껴안고 싶다는 뜻이며 그는 그 뜻을 알면서 그 노래를 좋아했지만, 그녀는 그것을 "껴안았던 사슬을 풀고 자유롭게 한다는 뜻"으로 생각하고 좋아했던 것이다. 마지막으로 만나던 밤에 그와 '그녀'는 둘 다 망설이기만 하고 아무도 사랑을 고백하지 못하며, "여자랑 자봤니?" "아니" "옛날 여자친구가 펠라티오를 해준 적은 있어"라는 조심스러운 대화만 나누고서 헤어진다. 그는 '그녀'를 끌어안고 싶다는 생각으로 두 다리가 떨릴 정도였지만 휘적휘적 밤거리 속으로 사라지는 '그녀'를 단지 바라만 볼 뿐이다.

그리고서 파국이 온다. 그날 밤 그의 꿈속에서 '그녀'가 목을 매어 자살하는 것이다. 잠에서 깬 그는 그것이 꿈이었는지 현실이었는지 혼란스럽다. 가서 '그녀'에게 무슨 일이 있었는지 확인해보아야 한다고 생각했지만 결국 가지 못하거나 않고 그 도시를 떠난다. 떠나는 버스 안에서 그는 두 팔을 감싸안고 떨고 있다.

이루어지지 못하는 남녀 관계는 채영주 소설에서 자주 등장하는 모티프이다. 가령, 「당신을 찾아드립니다」(『연인에게 생긴 일』, 이하 『연인』으로 표기)에서 일인칭 화자인 남자는 여자가 목욕하는 사이에 그녀의 집에서 나와버리고, 기대되었던 섹스는 포기, 혹은 연기되어버린다. 그날 이후 몇 번을 더 만난 뒤 남자는 여자에게 작별을 고하고 그 도시를 떠난다. 여기서도 남자는 방랑 중이고 지방 도시의 룸살롱에서 웨이터 일을 하는 중이며 근처 다방에서 디스크 자키 일을 하는 여자를 음악을 매개로 하여 만났다. 「도시의 향기」(『연인』)에서는 일인칭 화자인 남자(그는 미술가이다)가 함께 살자는 여자의 요구를 거부하다가 자신의 친구에게 여자를 빼앗긴다. 「연인에게 생긴 일」에서는 남자(그는 대학을 중퇴하고 위장취업을 한 노동운동가이다)가 7년 간 관계를 가져온 여자(그녀는 간호사이다)에게 작별을 고하고 떠나는데, 이를 여자의 옆방에 사는 일인칭 화자(그는 그림을 그린다)가 서술한다. 똑같이 이루어지지 못하는 남녀 관계 이야기이지만 적지 않은 편차로 변주되고 있음이 확연하다. 이 변주의 양상을 따져볼 필요가 있겠는데, 그러려면 한 작품을 더 읽어보아야 한다. 그것은 『담장과 포도넝쿨』에 '후기를 대신하여' 실은 단편소설 「흔들리는 초상」이다. 여기서 일인칭 화자인 남자는 대학 시절에 여자 친구에게서 빌린 노트의 한 귀퉁이에 "생명을 포기하는 모든 것에 축복이 있나니"라고 썼었고 그로부터 며칠 뒤 여자가 자살한 일이 있었다.

  채영주의 맥락에서 어느 작품이 먼저일까. 필자의 마음은 「흔들리는 초상」으로 이끌리지만 일단 작가 자신이 자전소설이라고 밝힌 「미끄럼을 타고 온 절망」에서부터 시작해보자. 왜 그는 떠나는 버스 안에서 두 팔을 감싸안고 떨고 있었을까. 그것은 두려움일까, 죄책감일까. '그녀'의 죽음에 대한 모호한 서술은 '그녀'의 죽음이 단지 꿈속에서의 일일 뿐이었을 경우와 꿈이 아니라 현실이었고 사실을 회피하고 싶은 그가 그것을 꿈이라고 믿어버렸을 경우로 나누어 생각해볼 수 있다. 기실 이 장면에서 중요한 것은 둘 중 어느 쪽이냐가 아니라 두 가지 읽기를 모두 성립시키는 서술의 이중성 자체이다.[3] 그는 우선 사실 여부를 확인하는 것이 두렵고 이 모든 사태에 대해 죄책감을 느끼는 것이다. 그런데 「흔들리는 초상」을 참조해보면 우리는 죄책감 쪽에 중점을 두지 않을 수 없다. 「흔들리는 초상」에서의 남자는 여자가 자신의 낙서를 보고 자살했다고 생각했고 그래서 휴학계를 내고 어딘가로 떠나버렸다(남들이 보기에는 실종이겠고 남자 자신으로서는 방랑이었을 것이다). 이 작품은 갑작스런 방문객의 취재라든지 죽은 여자의 영혼이 나타난다든지 하는 비현실적 설정을 하고 있는데 이는 자기 심문의 알레고리라고 할 수 있다. 이 알레고리는 숨김과 드러냄의 변증법적 긴장을 구성 원리로 하면서 이를 통해 죄책감으로 인한 내면의 고통을

---

3) 이러한 서술 방법은 이미 채영주의 등단작인 「노점 사내」에서부터 뚜렷이 나타났던 것이다. 「노점 사내」에서는 일인칭 화자가 사내를 죽이는 것이 현실로 서술되고 있는데, 뒤에 그 사내가 멀쩡히 살아서 나타난다. 그러니 사내 살해와 사내의 재출현, 둘 중의 하나는 환상인 것임이 분명한데 어느 쪽이 환상인지를 텍스트는 분명히 하지 않고 있다. 다만 개연성을 중시하는 독자가 사내 살해 쪽이 환상인 것으로 읽을 뿐이다.

더욱 강렬하게 표현하는 데 성공하고 있다. 만약 죄책감이 중심적인 기제라면 「미끄럼을 타고 온 절망」을 다시 읽어볼 수도 있다. 즉, 죄책감의 원인은 그 꿈(혹은 꿈으로 위장된 현실) 이전에 이미 있었던 것이 아닌가 하는 것이다. 그렇다면 그가 '그녀'의 '같이 자자'는 암시를 무시하고 휘적휘적 사라지는 '그녀'를 붙잡지 않고 그냥 보내버린 것에 대해 죄책감을 느꼈고 그 죄책감이 꿈으로 표현된 것이거나, '그녀'를 그냥 보내버린 것이 '그녀'의 자살의 동기가 되었다는 죄책감으로 인해 현실과 꿈의 착종이 결과된 것이라고 볼 수 있지 않겠는가.

채영주의 소설에서 이루어지지 못하는 남녀 관계의 실질적인 원인은 주로 남자의 회피에 있다. 그 이유를 「연인에게 생긴 일」의 화자는 "자기 속의 불확실성에 대한 환멸 때문에 아무것도 책임 있게 사랑할 수 없었던" 것이라고 설명하고, 「도시의 향기」의 남자는 "내 속에는 또 다른 한 인간을 받아들일 자리가 없었다. 내 삶에는 애당초 인간들에게 할당된 부피가 있었다. 그런데 그 부피는 나 자신만으로도 이미 넘쳐나고 있었으므로 도무지 또 한 사람을 구겨 넣을 여지가 없었던 것이다"라고 설명한다. 회피가 「미끄럼을 타고 온 절망」에서 보듯 죄책감으로 이어지는 것이지만 그러나 그 회피의 이유에는 진정성이 있다. 이는 그 반대의 경우를 보면 금세 알 수 있다. 가령, 「도시의 향기」에서 여자를 빼앗아간 친구는 "사람들 사이에서 사람들이랑 부대끼며 살아야 하는" 체질인데 난폭하고 속물적이며 비열한, 결코 긍정적으로 평가할 수 없는 인물이다. 그는 화자에게 "난 도대체 자네를 이해할 수가 없어. 이렇게 아름답고 돈도 많은 여자를 한사코 마다한 이유가 무엇이었나"라며 비아냥거린다. 「당신을 찾아드립니다」에서는 이모가 반대되는 인물로 나온다. 그래서 화자는 세상에서 가장 간단명료한 사람인 이모의 충고와는 반대로 행동한다. 긍정적으로 평가할 수 있는 유일한 반대 인물은 「연인에게 생긴 일」의 남자이다. 이 남자는 자신이 임신시킨 공장의 여직원을 책임지기 위해(아마도 작중의 이 진술은 사실일 것이다. 다시 말해 여자와 헤어지기 위해 갖다 붙인 거짓 명분은 아닐 것이다) 7년 간 관계해온 여자와 헤어진다. 하지만 이들을 관찰하는 화자(그는 채영주 소설의 전형적인 남성 인물이다)는 "그는 이제 과연 사람들과 더불어 사는 법을 체득한 것이었을까"라고 자문한다. 이 자문에는 부러움과 회의가 함께 들어 있다.

남녀 관계, 혹은 사랑의 문제는 채영주의 장편소설에서도 중요한 모티프로 출현한다. 그런데 그 출현 방식이 다분히 통속적인 성격을 띠는 게 주목된다. 가령, 최근의 장편소설인 『무슨 상관이에요』의 일인칭 화자는 대학 시절의 애인이었고 행방불명된 지 19년이 되는 성연을 잊지 못한다. 청소년 상담소 직원으로 일하는 그는 은소라는 여자 아이를 상담 일로 만나게 되는데 이 아이가 성연을 꼭 닮았다. 은소가 성연의 딸일지 모른다는 생각에 그는 성연의 행방을 추적하고 결국 은소는 성연의 딸이 아니며 성연이 이미 죽었다는 사실을 확인한다. 은소는 그에게 사랑을 고백하고 그는 은소를 한 여자로 받아들일 마음의 준비를 한다. 이 이야기는 채영주 단편소설들의 이야기의 속편에 해당된다고 할 수 있다. 그런데 단편소설들의 고뇌에 비하면 화해가 너무 쉽게 이루어지며 다분히 멜로 드라마적이어서 이를 단편소설들이 제기한 남자의 회피라는 문제에 대한 극복이라고 보기 어려울 것 같다. 마지막에 은소가 그의 곁을 떠남으로써 그와 은소의 결합은 2년 간 연기되고 불확실한 미래만이 남지만, 이 결말이 붙었다고 해서 앞의 이야기 전체의 성격이 바뀌지는 않는다. 채영주의 첫 장편소설인 『담장과 포도넝쿨』의 경우는 재벌집 딸과 조실부모한 가난한 남자 사이의 이루어지지 못하는 사랑을 그리고 있다. 소재로 보면 전형적으로 멜로 드라마적이라고 할 수 있다. 그런데 작품 속에서 채영주는 자신의 창작 의도를 분명히 밝히고 있는데 이 대목을 주의할 필요가 있다.

〔……〕 그는 아직 그 선생만큼 해박한 지식을 지닌 사람을 보지 못했다. 어느 날 그는 그녀에게 진짜 문학과 통속적인 대중소설의 차이를 물어본 적이 있었다. 그로서는 경계를 짓기가 모호한 일이었으므로. 그때 그녀는 이렇게 대답했다. 간단히 예를 들자면 스탕달의 「적과 흑」이 진짜 문학이라고 할 때 에릭 시걸의 「러브스토리」는 대중소설일 뿐이라고 말할 수 있을 것이다. 두 소설은 모두 엄청난 부자와 엄청난 가난뱅이의 사랑을 소재로 다루고 있다. 「적과 흑」은 그 상황에서 일어날 수 있는 참된 상황을 꾸며 나가며 가장 비열하고 가장 구차한 치부들을 드러내고 있다. 반면에 「러브스토리」는 얄팍한 흥미에 치중되어 있다. 비열하고 구차한 치부들은 건드리지도 않은 채 겉포장만을 그럴 듯하게 만든 싸구려 감상물일 뿐이다.

남자의 조카인 세현의 말이다. 세현은 이어서 대중소설보다 진짜 문학을 좋아하지만 삼촌의 사랑만큼은 대중소설에 가까워지기를 바란다, 설령 현실감이 적더라도 아름다운 사랑의 이야기가 되기를, 이라고 말한다. 이 대목을 통해 보면 작가의 의도가 대중소설적인 설정과 장치들을 가지고 진짜 문학을 쓰겠다는 것임을 어렵지 않게 알아챌 수 있다. 여자의 자살, 남자의 농민운동 참여, 남자의 타살로 이어지는 비극적 결말은 당연히 그 의도로부터 나온 것이다. 그러나 그 비극성에도 불구하고 이를 대중소설(혹은 대중문화)의 성공적 전복이라고 말하기는 어려울 것 같다. 똑같이 이루어지지 못하는 사랑이지만 그 이루어지지 못함이 내면으로부터 오는 것이 아니라 외부로부터 오는 것이라는 점에서 채영주의 단편소설들과는 확연히 구별되는 것이다.

그리고 보면, 앞에서 살펴본 채영주의 단편소설들은 확실히, 사랑을 주제로 한 대중소설들에 대한 전복이라고 말할 수 있다(장편소설과 단편소설이라는 장르상의 차이는 있지만). 채영주의 마지막 작품이 된 중편소설 「바이올린맨」 역시 같은 맥락에서 읽을 수 있다. 이 작품은 어린아이의 시선으로 비극적 사랑의 과정과 결말을 관찰한다. 어린아이의 시선이기 때문에 내면의 미묘한 갈등을 섬세하게 드러내지는 않고 비교적 단순하게 그리고 있는데, 그 단순함이 오히려 사태를 분명하게 해주기도 하는 듯하다. 이 작품의 여자(윤주누나)는 어머니의 병환 때문에 빚을 지고 술집에 나가고 있다. 남자는 한쪽 다리를 절며 바이올린 만드는 일을 한다(그래서 별명이 바이올린맨이다). 두 사람은 선량하고 순수하다는 점에서 공통된다. 처음에는 자신이 남자의 짐이 될 것이므로 받아들일 수 없다던 여자가 결국 남자의 구애를 받아들이지만, 주변의 악의적인 인물들로 인해 이들의 사랑은 비극적인 최후를 맞이하게 된다. 그들은 두 남녀의 사랑을 이용해서 돈벌이를 하려 들고 결국 남자를 죽음으로 몰아넣으며 남자의 죽음은 여자의 자살을 부르는 것이다. 이 과정을 지켜보는 시선의 주인인 어린 일인칭 화자에게 이 일련의 사건은 '악몽'이고 '비현실'이다. 말미에서 성인이 된 일인칭 화자가 옛 비극의 장소를 다시 찾아오는데 그 장면은 다음과 같이 묘사된다.

> 〔……〕 마지막으로 나는 이층으로 올라가는 계단을 밟았다. 야릇한 두려움으로 가슴을 졸이며. 그러나 이층의 내부로 들어가는 출입구는 굳게 잠겨 있었다. 일 분쯤 문을 두드렸지만 마찬가지였다. 아무런 대답도 인기척도 돌아오지 않았다. 굳게 굳게 잠긴 채, 그건 마치 이렇게 말하는 것 같았다. 과거는 없다. 악몽도 없다. 모든 지독했던 기억들은 잊어버리고 현실로 돌아가라. 기다랗게 심호흡을 하고 나는 천천히 계단을 내려왔다.

이 장면이 아닌 게 아니라 바이올린맨과 윤주누나 이야기를 '비현실'로 만드는 듯하다. 돌이켜보면, 화자의 기억 속의 인물들은 어느 의미에서 비현실적인 인물들이라고 할 수 있다. 바이올린맨과 윤주누나의 선량함, 순수함은 현실적이라기보다는 상당히 추상적이고, 심지어 악인 역할을 하는 삼촌이나 술집 사장의 순전한 사악함도 역시 그러하다. 어린 화자의 여자 친구 시은이 형태의 입술을 물어뜯는 장면도 그런 느낌을 준다. 이 인물들은 성격이 단면적이고 평면적이며 자의식이 없다. 그렇다면 우리는 화자의 기억 속의 이야기를 본래적 의미에서의 하나의 신화로 볼 수 있지 않을까. 앞에서 살펴본 단편소설들과는 달리 이 이야기 속의 바이올린맨은 자의식도 없고 실존적 고뇌도 없으며 따라서 '남자의 회피'가 없다. 윤주누나가 오히려 회피의 태도를 보이지만 「미끄럼을 타고 온 절망」의 '그녀' 같은 그런 내면이 없고 결국 남자의 구애를 받아들인다. 말하자면 단편소설들에서 보았던, 이루어지지 못하는 남녀 관계의 내적 원인들이 여기에서는 아예 부재한다. 그렇다고 이들이 「도시의 향기」에서의 여자를 빼앗아간 친구나 「당신을 찾아 드립니다」의 이모와 같지 않은 것은 말할 나위도 없다. 여기서는 인물들의 욕망이 타자의 욕망에 대한 욕망과는 전혀 무관한 곳에, 그것에 침윤되기 이전의 상태에, 다시 말해 그런 것이 가능하다면 일종의 원초적 상태에 있는 것으로 보인다(그렇다는 것은 이들이 현실적인 존재가 아니라 신화적 존재임을 다시 한 번 시사해준다). 그럼에도 불구하고 바이올린맨과 윤주누나는 사랑을 이루지 못한다. 아니, 이렇게 말하는 것은 옳지 않겠다. 그들은 사랑을 이루었다. 다만 외부의 힘에 의해 그 사랑의 이룸을 누리지 못했을 뿐이다. 그렇다면 이 신화는 사랑의 이룸에 대한 신화이며 많은 신화들이 그러하듯 비극적 방식의 이룸에 대한 신화인 것이다.

신화라는 말을 본래적 의미가 아니라 롤랑 바르트적인 의미에서 사용하자면, 오늘날 우리를 포위하고 있는 대중문화의 바다는 온통 사랑의 신화로 가득 차 있다. 순수한 사랑, 고난 끝에 성취하는 사랑, 때로는 좌절하여 독자를(혹은 시청자를) 가슴 아프게 하는 사랑…… 이 사랑들은 이미 본래적 의미의 사랑이 아니라 새로운 의미로 대체된 사랑이다. 실제 내용은 중산층 이데올로기의 선전에 지나지 않으며 온통 진부하고 상투적이고 때가 겹겹이 끼어 있다. 그러나 무서운 것은 이것들이 그럼에도 불구하고 우리에게 불가피한 효과를 불러일으킨다는 점이다. 채영주의 소설은 사랑이라는 기호를 도둑질한 중산층의 신화를 다시 도둑질하여 재신화화하는 작업이라고 할 수 있겠다. 때로는 성공적이고 때로는 그렇지 못한 것으로 보이지만, 「미끄럼을 타고 온 절망」의 회피와 죄책감, 그리고 「바이올린맨」의 비극적인 방식의 사랑의 이룸은 그 재신화화의 좋은 예가 된다. 그 재신화화를 통해 채영주는 사랑이란 '나'

와 '너'의 쌍방의 문제인 동시에 근본적으로 '나'의 '진정한 욕망'의 문제라는 점을 깨우쳐준다. 안타깝게도 채영주는 이미 피안으로 건너갔지만, 그가 남긴 글들은 대중문화의 지배에 문학은 어떻게 대응할 것인가, 하는 회피할 수 없는 물음으로서 우리에게 계속 작용하며 살아 움직일 것이다.

작가 연보

1962년   부산시 중구 부평동 1가 10번지에서 부친 채반석과 모친 신완우 사이의 2남 2녀 중 차남으로 출생. 생일은 6월 8일(양력).

1965년   부산시 중구 동광동 5가 44번지로 이사. 초·중·고등학교 시절을 이 집에서 보냄.

1975년   2월 부산 동광초등학교를 졸업. 현재 이 학교는 도심 인구의 감소로 인해 부근의 '남일초등학교'와 통합되어 '광일초등학교'로 이름이 바뀌었음.

1978년   2월 부산 토성중학교(현재의 이름은 경남중학교)를 졸업.

1981년   2월 부산 대동고등학교를 졸업. 1학년 때 MRA(도덕재무장)에 가입해 잠시 활동하다가 2학년부터 줄곧 학교 문예부에 소속해서 활동함.
3월 서울대학교 사회과학대학 입학. 2학년 진학할 때 정치학과를 지망함.

1984년   8월 학교에 휴학원을 내고 갑자기 주변과 연락을 끊고 사라짐. 대전·전주·광주 등지를 떠돌면서 웨이터, 주방 보조, 빵공장 직공 등의 일을 함. 같은 해 10월에 부친의 병환 소식을 듣고 급거 귀가. 이 무렵, 대학원 진학과 유학을 거쳐 정치학자의 길을 걷겠다는 꿈을 접고 소설을 쓰기로 결심함.

1985년 **3월** 군 입대. 경북 안동에서 복무함. 본격적으로 소설 습작을 시작함.

1987년 **6월** 군에서 제대. 9월에 복학해서 4학년의 마지막 한 학기를 마침.

1988년 **2월** 서울대학교 정치학과를 졸업. 이후 직업을 갖지 않고 소설쓰기에 몰두함. 평론가 한기의 권유로 서울대 출신 문예운동 써클인 '예술 운동'에 참가하여 활동함.

11월 계간 『문학과사회』 겨울호에 단편 「노점사내」를 발표.

1989년 「殉葬, 順葬」(문예중앙), 「가출」(샘이깊은물) 등을 발표.

1990년 「상처」(문학사상), 「새벽 두시 파라다이스 카페」(문예중앙), 「지난 겨울의 불」(문학사상), 「가면 지우기」(문학과사회), 「지휘자의 눈물」(문학사상) 등을 발표. 장편 『담장과 포도넝쿨』을 『문예중앙』에 전재함. 첫 창작집 『가면 지우기』(문학과지성사)를 출간함.

1991년 「명수」(문학정신), 「백치세습」(비평의시대), 「유령의 집」(말), 「겨울소묘」(작가세계), 「마지막 진실」(현대문학) 등을 발표. 장편소설 『담장과 포도넝쿨』(중앙일보사)을 출간함. 이해의 3월부터 이듬해까지 동남아시아의 여러 곳을 단독으로 여행함. 태국, 인도네시아, 싱가폴, 타이완, 인도 등지를 돌아다님. 여행 중이던 3월, 나중에 아내가 되는 중국계 싱가폴인 주채여(朱彩如)를 태국에서 만남.

1992년 「상자 속으로 사라진 사나이」(문학과사회) 발표. 장편소설의 취재를 위해 3개월 정도 미국 체류.
1993년 5월 20일 주채여(朱彩如)와 부산에서 결혼함. 오랜 자취생활을 끝내고 서울 상계동에 새 보금자리를 꾸밈. 장편『시간 속의 도적』(열음사), 장편『크레파스』(미학사)를 출간함.「춤추는 멍텅구리배」(한국문학),「당신을 찾아드립니다」(문학정신),「도시의 향기」(문학과사회) 등을 발표.
1994년 장편동화『비밀의 동굴』(국민서관)을 출간함.
1995년 「연인에게 생긴 일」(문예중앙) 발표.「족자카르타의 베착」과「부디 린」을 신경숙, 김형경 등과 함께 엮은『가장 슬프고 아름다운 이야기』(포도원)에 수록함. 장편『목마들의 언덕』(문학동네)을 출간함.『목마들의 언덕』이 드라마로 각색되어 KBS에서 방영됨.
1996년 8월 딸 '스민' 태어남.「미끄럼을 타고 온 절망」(문학동네) 발표. 장편『웃음』(문학과지성사)을 출간함.
1997년 2월 두번째 창작집『연인에게 생긴 일』(문학동네) 출간. 7월에 '장산부'라는 필명으로 2년여의 각고 끝에 완성한 새로운 스타일의 무협지『무위록』(전3권, 북하우스)을 출간함.
2002년 2월 장편『무슨 상관이에요』(문학과지성사)를 출간함. 중편「바이얼린맨 1」(문학생산) 발표.
6월 15일 지병의 악화로 부산의 본가에서 운명함.
2003년 6월 유고집『바이올린맨』(문학과지성사)을 출간함.

※ 이 연보는 고채영주의 친구인 한수영 교수(동아대학교 국문과)가 각계의 자료 도움을 받아 만든 것임.